# 喝掉这「罐」书

阿米殿下 — 著

北京联合出版公司
Beijing United Publishing Co.,Ltd.

**图书在版编目（CIP）数据**

喝掉这"罐"书 / 阿米殿下著. — 北京：北京联合出版公司，
2019.5

ISBN 978-7-5596-2958-6

Ⅰ. ①喝… Ⅱ. ①阿… Ⅲ. ①短篇小说－小说集－中国－
当代 Ⅳ. ①I247.7

中国版本图书馆CIP数据核字（2019）第038236号

**喝掉这"罐"书**

作　　者：阿米殿下
产品经理：卿兰霜
责任编辑：杨　青　高霁月
特约编辑：贾小敏　丛龙艳

- - - - - - - - - - - - - - - - - - - - - - - - - - - - - - -

北京联合出版公司出版
（北京市西城区德外大街83号楼9层　100088）
北京联合天畅文化传播公司发行
天津光之彩印刷有限公司印刷　新华书店经销
字数179千字　880mm×1230mm　1/32　印张 8.5
2019年5月第1版　2019年5月第1次印刷
ISBN 978-7-5596-2958-6
定价：42.00元

- - - - - - - - - - - - - - - - - - - - - - - - - - - - - - -

## 序　言

　　初中的时候我曾经读过一本俄罗斯作家写的科幻小说，场景奇崛、瑰丽，情节引人入胜，翻看多遍，爱之不已。那算是"科幻初恋"了，造就了我对这一类型小说的审美倾向。然而，此后接触的多是《科幻世界》杂志里那种阴沉压抑、无比残酷灰暗的未来图景，时不时还得克制一下恶心感，于是从此败了胃口，不太阅读科幻作品。

　　多年以后，阿米殿下的《饕梦》脑洞大开，情节多彩、梦幻，终于给我带来了失落已久的愉悦的阅读体验。然而，读后又有些纳闷：这篇小说里，她展现的并不是什么光明未来啊，甚至有杀人、吃人的情节，怎么没有让读者感到恶心呢？她是使了什么障眼法吗？

这令我想到了纳博科夫和他创造的经典——《洛丽塔》。很多人读这部小说时，都会与男主人公感同身受，万分理解他的言行、情状，但读后转念一想："What the fuck? 这不就是一个性侵女童的罪犯吗？为什么我会同情这样一个人?！"于是不得不为作家扭转乾坤的笔力感到惊叹不已，甚至震怖不已。

阿米殿下也有着纳博科夫式的强悍笔力。不过，她之所以令我联想到纳博科夫，还出于另一个更特别的原因。纳博科夫是史上有名的"联觉人"（synesthete），而阿米殿下也是如此。

联觉人生来便对这个世界有着更丰富的体验，外界对他们的感官刺激，会引发出他们内在的另一种或多种感觉。纳博科夫的联觉表现是能从字母中看到色彩。他在接受采访时这样说：

"V是一种淡而透明的粉色，我觉得精确的名称应该叫'石英粉'，这是我能与V联系到一起的最接近的颜色之一；而N，是一种灰黄的燕麦色……"

有些联觉人，听音乐时，伴随音符而来的是各种各样的颜色、五味杂陈的味道，或者变幻多姿的几何形状；还有一些人，

平面的日期和时间，在他们眼前具有3D效果……

从阿米殿下的小说里，我们能看到联觉完美的示例：

> 孩子们的歌声响起来，清澈的天空被乐声涂抹得五彩缤纷。三个声部互相交错，歌声弥漫在礼堂周围，如同细雨一般落在翠绿的草地上。——《音乐家最怕的事情》

> 咖啡厅里歌声低吟浅唱，旋律收放犹如宋体字的弯折和衬线。那是一种复杂的螺旋上升的巴洛克式的音乐。——《喝掉这"罐"书》

阿米殿下也谈到过自己3D效果的年龄坐标轴：

"我的年龄，就是三维空间里的一个坐标轴，从零岁开始向东延伸，十岁的时候向画面里拐一个直角弯，后面就都是直的了，只是散发的光芒有区别。零岁到十岁是淡黄色，然后过渡到浅灰色。十来岁是淡红色，二十多岁是深红色，三十岁以后是褐色，后面渐渐偏深蓝。每次回想起具体年龄，都会结合坐标轴的相应位置，能看到附近的刻度。近了两端就是黑色雾气。"

听她讲述这些奇特的大脑景观，我真是艳羡不已，正如同读她的小说，那些奇丽卓绝、恢宏壮阔的场景，那些"情理之中，而意料之外"的设定，也令同为作者的我心生忌妒，按捺不住。《不朽》中"让水记住水，山记住山，人记住人"，《音乐家最怕的事情》中的"行星演奏家"，等等，都有一种突如其来、颠覆一切的诗意，令人瞠目结舌，不禁想打开她的脑壳看一看到底是什么结构。而之所以想打开她的脑壳，是因为我们深深地知道，这是百分百的天分使然，不是靠模仿，也不是靠勤奋。

不过，天才要模仿起他人来，效果也是惊人的，《西游三叠》里模仿一明代书肆学徒文白夹杂的笔记语言，像模像样，令人莞尔。天才常常是慵懒怠惰的，阿米殿下却又并非如此，她勤谨得很，生活的方方面面都秩序井然。这本小说集是她在繁忙的本职工作以及琐碎的兼职工作之余写出来的。而她竟然还能安排出时间来练小提琴，学编程。

所以，对于阿米殿下的写作前程，我们抱有十足的期待。她绝不会气若游丝地持续低产，或昙花一现地后继无力。这本《喝掉这"罐"书》已足够好，她未来的作品会更多、更好。她如果专注于科幻奇幻小说的创作，一定能够让很多人像我一样，对科幻、奇幻从无感、反感，到读后欢喜不已。

盼望有一天，阿米殿下能写出一流的科幻奇幻小说，让我捧书读罢如《西游三叠》里的那句话：

双手颤抖，不能自持。

作家、文学评论人、写作讲师
舒明月
2018.9

C    E

饕 梦

# 楔 子

这是举世瞩目的比赛。

"饕梦"号是一艘豪华的三层游船，被改装成水上餐厅，每天在古老的护城河里往返十次。今天在这里举办饕梦美味大赛。一石激起千层浪。饕梦，是 T 城美食界永恒的焦点，因为饕梦餐厅的主厨是个机器人。

\*\*\*\*

灯光晃了两下，罗魔刀的身体也随之摆动。他眼前一片黄昏的暗紫色，头脑昏昏沉沉，费力地想起来，现在在船上。

魔刀拉开窗帘，窗外一半碧水，一半蓝天。魔刀看见了太阳。8 点 15 分，早上。

魔刀走出房间。在套间的客厅里，已经摆好了早餐。他坐下来，巡视一番。一碗炖汤，小笼包，煎蛋，馄饨，豉汁凤爪，水晶烧麦，一碟大头菜，一碟清炒菜心。符合他的口味。在阳光的照射下，汤碗反射着霞光。他饱餐一顿，为接下来的一天储蓄力量。味道不错，不过以一位功成名就的大厨的苛刻标准来说，勉强及格。魔刀站起来，仍然感觉昏昏沉沉。晕眩的感觉一大半可归结为紧张，一小半因为晕船。

罗魔刀走进比赛场地。这是游船上最豪华的自助餐厅，设有一个乐队演出的小舞台和约两百把高级楠木餐椅。

现在，餐桌和餐椅已经不见踪影，仅保留了一排评委席。餐厅中央空荡荡的，已经被布置成比赛场地。整个餐厅也空荡荡的，评委席设置在餐厅的中线上，靠近出口。正对评委席的便是这次比赛的舞台，为两位参赛选手——分别代表人类和机器人的最高厨艺的候选人——而准备的环形料理台。灯光聚焦在两个对称的C形料理台上，闪烁着金属的光泽。罗魔刀却感觉它像手术台。两个料理台的后方，则是食材区，堆满了最新鲜、最上等的各式食材。饕梦餐厅不愧是美食的天堂岛，罗魔刀一眼扫过，就看到各种珍馐佳肴，足以令每一位美食家激动得昏厥。房间的其余部分则晦暗不明，就连评委席也如此。这完全凸显了参赛者的舞台地位。与此同时，乐队区仍然保留着，这暗示着一小队管弦乐手将为比赛增添一些背景气氛。

出乎意料的是，一个记者也没有，不像饕梦餐厅一贯的作风。

\*\*\*\*

"您来了。"背后传来了电子音。饕餮出现了。

罗魔刀审视着这位立志做大厨的机器人。

饕餮的外壳很有年代感。从各种烟熏的痕迹里依稀可辨别出，外壳涂料是恒明公司标志性的象牙铜色，莹白的金属质感，看起来既亲切又可靠，就像恒明公司二十年前研发的家用烹饪机器人第一代。也许是制作初代家用机器人，科学家寄予厚望，凝聚了当代最核心的科技，以至于其中一些机器人发生了变异，诞生了类似于人类的自我意识。之所以说是"类似于"，是因为它们的构造毕竟不能算是与人类完全一样。

　　魔刀依稀记得第一次看见饕餮是在电视节目上。恒明公司的经理满面春风地介绍他们的最新产品——家用烹饪机器人。饕餮的左右两只胳膊前端都装有可转动的圆盘，可以更换厨房用具。饕餮在电视上表演完一边用左胳膊切菜，一边用右胳膊颠锅的绝技后，恒明家用烹饪机器人销量月月翻倍。机器人潮流席卷全国，如同之前的智能手机潮、虚拟现实潮一样。不出三年，举国已入民用机器人时代。

　　饕餮不再是魔刀记忆中谦逊卑微的家用机器人的形象，它意气风发，电子音带给人极大的压迫感。

　　饕餮说："感谢您赴约。您的确是一位高尚的大厨。"

　　魔刀点头示意："好久不见，谢夫。"

　　饕餮反应很激烈："不要叫我谢夫，我是饕餮。"

　　罗魔刀说："好吧……饕餮，你改名了，也变得像人类了……"

　　然后他忍不住问道："为何要与我一比高下？饕梦餐厅已经很红火了。"

　　机器人说："这么多年，我学会了一种又一种厨艺。然后有一天，我想着，应当有人来欣赏我伟大的厨艺。我决定要去拜见最初的起点。"

罗魔刀说："你果然变得像人了，像人一样太啰唆。"

饕餮踱步的步伐快了起来："好吧，好吧。那就说重点。最初的起点，就是我作为家用烹饪机器人服务的那一家人。准确来说，是那一家的小儿子，我的小主人。他总是把我做的菜吃得干干净净，即使那只是依程序里的菜谱做出来的。"

罗魔刀冷笑道："那你为何邀请我来参加这场比赛？我确信我不是你的小主人。"

饕餮不在意罗魔刀的讥讽，非常陶醉地说："怎么能这样对待小主人呢？我应当把外壳擦得锃亮，给所有的关节擦好润滑油，换一套今年最新的电子音系统——完全由人声录制，然后带着礼物登门拜访。"

罗魔刀说："我还是没有明白，拜访他与比赛有什么关联？"

饕餮的声音又变得冷漠起来："这么多年过去了，我已经找不到小主人了。但是餐厅的主人大嘴先生有办法，他说，只要我想个法子让餐厅再火一把，他就帮我找小主人。我想，机器人与人类的厨艺大赛，一定是一则举世瞩目的大新闻！"

饕餮略微鞠躬："请您享受比赛吧。"

罗魔刀无奈地耸了耸肩。

饕餮独自走向比赛的料理台。魔刀走到另一个料理台站定。忽然他发现评委席已经坐满。评委有五个人，来自不同的行业。周泰山是知名的食品商，旗下有好几款产品畅销国内外；何旭是美食家协会会长；农场主金牛先生，今天的食材均由他赞助；蒋耘是知名美食节目评论家；大厨齐炎一贯与魔刀不对付。五个人影如鬼魅一般，缥缈又陌生。

# 第一轮比赛

比赛开始了。

主持人的影像从全息投影仪中出现，是饕梦餐厅的所有者——大嘴先生。他宣布，比赛所用的厨具都由饕梦餐厅提供，当然，两位参赛选手也可以自带需要的任何食材或器具。比赛分为三轮，每一轮比赛的赢者可以向输者提一个问题，输者必须回答。

\*\*\*\*

第一轮比赛，以"色韵"为主题，要求菜式必须达到色、香、味俱全，并且以米饭作为菜式的主要部分。限时两个小时。

乐队开始演奏。小提琴滑出丝绸般的音乐，是德沃夏克的《幽默曲》。

魔刀陷入了沉思。片刻之后，他开始挑选食材。新鲜的老母鸡焯水，入砂锅吊汤。被剥下来的鸡皮也先快速焯水，然后与生姜隔水蒸。将鸡皮蒸融化，与香料一同放入铁锅中爆香，盛入碗中待用。大米洗净，加水和两滴油，泡十分钟。香菇洗净、切丁，将鸡油与香菇丁同炒，之后加入大米同炒，并加入高汤煮沸。在等待的过程中，魔刀择洗了一堆扁豆，去除豆筋和两头，切丝，在铁锅里煸炒熟，加一点酱油。将煮沸的米饭沥干，盛在扁豆丝上面，再加一点点高汤，盖上锅盖焖。最后，魔刀剥了一个柚子，将一些柚子果肉架在扁豆香菇焖饭上。

另一侧，饕餮的信号灯快速闪烁，罗魔刀知道它在计算一个最佳的参赛菜式。饕餮选择了鸡蛋和米饭，将鸡蛋和大米分别煮熟，之后拿出一个巨大的搅拌器，把鸡蛋切成绿豆大的颗粒。把鸡蛋和米饭、盐、酱油都投入搅拌器打碎，碎成一堆金色的米屑。魔刀暗忖，这都碎成渣了，还能是米饭？机器人将这一堆打好的碎屑倒入一个研磨器。研磨器的一端全是孔。饕餮摇动手柄，鸡蛋米屑轻轻地落在平底锅上，每一颗都是米粒大小——金黄色的米粒。平底锅小火加热，金黄米粒便渐渐散发出焦香。饕餮精准地颠锅三下，将米饭均匀翻炒，盛在碗中。此外，它又准备了一个玻璃球碗，将白糖做成云朵形的棉花糖，准备一个方形的白瓷盘，将米饭扣入其中，正好是一个金色的圆形，周围装饰了云朵形棉花糖。魔刀看出来了，这大概是一个儿童画的云朵和太阳。最后，饕餮拿出一个奇怪的机器，加入一些纯净水和薄荷叶、海盐，经一番粉碎，机器的尖嘴喷出了淡青色的雾气。饕餮将雾气注入方形瓷盘，便在"太阳"和"云朵"之间布满了天空的颜色。

罗魔刀先进行说明："这道菜式叫作'故乡炊饭'。扁豆的嫩绿夹杂着金色的米饭，十分清爽，如诗歌一样。柚子苦涩，扁豆清香，鸡油浓香……这是我的故乡印象，是丰收，是记忆里的东篱黄昏。"

评委纷纷鼓掌表示肯定。

"风和日丽。"机器人的电子音响起，十分简短地进行了说明。

评委非常认真地注视着饕餮的作品。齐炎率先鼓掌："太神奇了！棉花糖在雾气之中并未融化，还保持着蓬松的质感。米饭焦脆，蛋黄与太阳的双重隐喻也令人赞叹。"很明显是在故意打压罗魔刀。

罗魔刀静静地注视着这一切，齐炎的做派他是了解的，一贯和他唱反调。只要其他评委不受影响……

五位评委已经品尝完毕，示意两位选手也上前品尝。

罗魔刀尝了尝饕餮做的太阳饭，焦香，微甜，加了胡椒，每一口都灼烧着口腔，确实很像阳光的感觉。棉花糖原来并非只用砂糖制作，还加入了薄荷叶和香草，吃起来有一种幽静的凉意，像水汽。天空的雾气已经散去，但是魔刀感觉云朵吸收了那雾气的味道，有一点微咸。魔刀要承认，饕餮确实有想法。

但是，他认为自己的作品更有胜算。虽然饕餮使用了很多技术，但是菜式的层次和意味还是过于简单，仅仅是对自然的模仿，而缺少意蕴上的探讨。

饕餮伸出金属舌头，尝了尝魔刀的故乡炊饭，并不多言。

评委们一阵交头接耳，亮出了分数：罗魔刀96分，饕餮92分。

周泰山代表评委发言："虽然两位的作品都很精致，但是我们认为罗魔刀先生的作品更有意蕴，不仅外形美观，而且口感、意蕴都更丰富。"

第一轮罗魔刀胜。他露出了含蓄的微笑。饕餮漫不经心地看了他一眼。

按照比赛的要求，每一轮的胜者可以向输者提一个关于美食的问题，输者必须回答，这被称作"辩食环节"。

这一轮由魔刀发问。

魔刀问："饕餮，你认为什么是美味？"

曾经，饕餮问过这个问题。现在，魔刀想听听它的回答。

****

二十年前，随着家用机器人的普及，关于机器人伦理的讨论日益增多。机器人与人类的根本区别是什么？著名大学教授乾俊一发表论文声称，机器人与人类最大的不同在于机器人无法分辨"美"。审美是人类独有的高级意识活动。机器人也许可以模拟出情感，但是永远不能模拟出审美能力。这一观点得到了社会的普遍认同。人类联合起来捍卫人类的尊严。甚至有人建议，克莱夫·贝尔关于美的著名论断"美是有意味的形式"应当更正为"美是只有人类能欣赏的形式"。

直到有一天爆出一则新闻，一台恒明家用机器人疯狂地爱上了烹饪。举国哗然。人类先是嘲讽，继而质疑。机器人爱上美食，这里存在两个极大的疑问：第一，机器人具备情感功能吗？第二，机器人能够理解美食吗？魔刀在网络上看到了视频。是饕餮。它任意改造自己，把左右两只胳膊均内嵌三个圆形接口，这样可以同时装上三种厨房用具：炒勺、汤勺和漏勺；胸口嵌入烤箱。它看上去就像科幻故事里的烹饪机器。

恒明公司的经理又出现在电视上，坚定地辩论，其公司生产的机器人具有较高的人工智能，但绝不具备与人类同样的情感。此次事件证明，该型号机器人具备机器学习的功能，可以进行自身的优化，将在具体的环境中不断提高技能水平。"我们应当相信，机器人永远是人类的好帮手。"他掷地有声地结束了发言。将澄清会议做成了公司宣传，这位经理前途不可限量。

没有什么话题是时间不能冲淡的。这则新闻过后不久，便再无人过问。魔刀也忘记了这件事。有一次，他作为特邀嘉宾去参加一家米其林三星的新餐厅的开业典礼。礼毕，一台后厨机器人怯生生地过来搭讪，如果机器人有情感，它一定带着恭敬的心情。魔刀一眼认出，它是饕餮。饕餮向魔刀吐露了自上次新闻之后被主人家抛弃的经历。它尝试进入餐厅后厨做帮佣。经历了很多之后，它进入了这家米其林三星餐厅，一直刻苦钻研厨艺。它怯生生地问魔刀："罗先生，请问您觉得什么是美味呢？"魔刀并没有因为它是机器人而敷衍，沉吟道："食物的美味，不仅在于味道，还在于其中的意味、投入的情感……可以说是包含了感受和倾注的一种体验。"饕餮认真地聆听，魔刀甚至发现它的录音灯正在闪烁。"感受"和"体验"两个词语，对小机器人来说太过沉重。饕餮耷拉着脑袋走开了。

魔刀心情复杂地看着它，心想，如果它是人类，大概会成为一名伟大的厨师。

后来，饕餮进入罗魔刀的餐厅打工，不久却被他驱逐了，不知去向。经过一系列不为人知的故事，饕餮成了饕梦餐厅的主厨。据说饕餮研发了许多制作美食的独门秘籍，使饕梦餐厅变成了T

城美食界永恒的话题。这达到了餐厅老板的目的：一切为了话题度，一切为了博眼球。于是他干脆把餐厅搬到了三层游船，每天灯火通明，在港口徘徊。这是一座美食的天堂岛，在人间徘徊。

****

魔刀收回目光，等待饕餮回答这个问题。

饕餮的电子音响起："不知您是否还记得我曾经向您讨教过，关于美味究竟是什么。您说，美味是一种体验。"

魔刀点点头。他当然印象深刻。

饕餮斟酌了一下，说道："现在我不是十分赞同您的观点。经过计算，美味是可以衡量的。人类总说机器人不能懂得食物的味道，但是机器人有比人类更擅长的部分，就是计算。机器人的核心主板每秒运算350万次，可以计算出不同食物之间的美味值的差异。机器人甚至可以建构一个方程，把美味值的相关变量放进去，可以得到一个衡量所有美食的数学函数。"

魔刀从容地微笑："这就是人类说机器人不懂得欣赏美的原因。美是不能被计算的。"

饕餮冷冷地答道："如果计算的精度非常高，就可以非常仿真地模拟真实的美味。而人类的舌头，已经尝不出差异。"

魔刀说："美是一种感受，一种体验。我还是这样认为。"

饕餮："人类具有感官，所以强调感受。机器人擅长计算，所以强调计量。这原本就是两个不同的族群之间的思维差异。"

魔刀不由得失笑。机器人已经学会了不同角度的对比与归纳。

他悠然道："然而只有人类需要食物，需要享受食物。就算你的机械舌头能尝出最精细的味道，你也无法体验到美味。"

魔刀顿了顿，继续道："我很好奇，你为何会爱上厨艺？"

饕餮似乎生气了，回答道："那无关紧要。既然人类最看重体验，那就来做有体验的美食吧。"

魔刀感觉机器人黑洞洞的电子眼投过来意味深长的一瞥。

# 第二轮比赛

比赛进入第二轮。本轮比赛的主题为"体验"。选手需要制作一道充满体验的菜式，给评委留下深刻的印象。

乐队的曲目更换了风格，似乎为了催动比赛的气氛，开始演奏《波莱罗》。

罗魔刀虽赢一局，但不敢怠慢。他思索片刻，决定使出看家本领，做一道拿手好菜。

他选取了新鲜的甜虾，浸泡在黄酒中。他举起酒瓶细看，不愧是金牛先生，四十年的状元红！难怪酒香浓郁，黏稠得像蜂蜜。与此同时，罗魔刀将少许柠檬、薄荷叶、小米椒放在料理机中打碎，然后用纱布包住进行过滤。大约一个小时后，他获得了纯净的柠檬薄荷汁混合物。此时，虾也"醉"了。但是罗魔刀并不是要做一道普通的醉虾，他想加强体验。于是他将海带浸水，用猛火煮。用热水浸泡新鲜的海蜇，切成薄片，抹上薄薄一层芥末。将醉虾剥出虾仁，先以小片的海带包裹，放在方才的海蜇片上，然后滴一点点柠檬薄荷汁，再像春卷一样裹起来。吃起来应该非常清爽，罗魔刀心想。

而饕餮在熬煮着什么肉汤，看起来非常简单，大部分时候它都呆呆地站着。

****

时间到。罗魔刀将海蜇醉虾卷端给评委。

罗魔刀看到评委的表情非常丰富，一一投来赞赏的眼神，心里松了口气。

蒋耘说："罗先生，非常不错。入口的瞬间，感觉一头栽入了海里，哇！那种海水的触感和味道，非常逼真。下次要邀请您来我的节目做客。"他圆圆的脸上架着一副眼镜，非常书卷气。罗魔刀看过他的节目，他是一位学识丰富的美食评论家。

何旭接话道："正是，正是。我的老家在海边，这道菜一下让我想起小时候在海边拾贝壳的情景。哎呀，我感觉自己变成了海里的一只大贝壳。"

其他评委纷纷表示赞同，只有齐炎一副歪眉斜眼的表情。

罗魔刀感觉胜券在握。他伸手摸摸鼻尖，掩盖自己的得意。

评委正等待着饕餮的菜式。

饕餮端上来一道炖汤，肉是淡紫色的，汤是淡粉色的，上面漂浮着几片蘑菇。

评委们议论纷纷。

金牛道:"这道汤,看上去绝对不正常。我提供的食材能做出这种汤?"

何旭道:"这也许是什么创新的手法吧。"

罗魔刀觉得何旭真是个不错的年轻人,很客观,脾气也好。

周泰山说:"唉……机器人的手艺……"

魔刀也不知道这道汤里是否添加了食用颜料,或者加入了特殊的食材。

饕餮说道:"请尝一尝。一定不会让你们失望。"

几位评委几经挣扎,还是以汤勺浅尝一点,便纷纷露出了不可思议的表情。

齐炎震惊道:"天啊,这是什么东西?!"

何旭推了推眼镜:"真是难以描述。"

周泰山的年龄最大,他一番吹胡子瞪眼,话都说不出来。

饕餮示意罗魔刀也尝一下。魔刀谨慎地尝了一口。味道比颜色要正常。根据炖肉汤的味道,他推测出里面放了生姜、花椒和一点点桂皮,回味有一点点异香,像雨夜下的夜来香。魔刀忽然有一点眼花。他揉揉眼,赫然看到了在比赛餐厅里出现了一只美丽的小鹿。它顽皮的蹄子在地上"嗒嗒"地叩着,就像在森林里行走一样从容。忽然,它停下来,舔舔身子,好像好奇地盯着大家。乐队一曲结束,开始了新的篇章。罗魔刀感觉曲子越来越百转千回,倒是很适合这出人意料的场景。

蒋耘饶有趣味地说:"这道汤里有什么乾坤?为什么能令人产

生幻觉？汤的颜色为何这么奇怪？还请阐述一下。"

罗魔刀觉得真有意思，他的疑问与评委的完全相同，便向饕餮投去了探询的目光，并问道："说说看，究竟是为什么？"

饕餮听罢罗魔刀的话，一鞠躬，开始解答大家的疑惑。

饕餮的指示灯不断闪烁，似乎在读取什么遥远的存储信息，大概可以对比为人类的记忆。饕餮依旧响起了冰冷的电子音，用旁观者的态度讲述着这些：

"自人类说机器人无法获得体验之后，我就不断地研究什么是体验。我去过很多地方，学习了很多技术。我试过千万种食物，尤其是给人类带来深刻体验的大麻、致幻类食物，等等。最后，在云南发现了一种菌类。这种菌类具有强烈的致幻作用，并且对人类具有毒性，可能致死。经过不断的实验，我从这种菌类中提取了一种致幻的物质。在精确控制用量的基础上，可以让食用者既产生幻觉，又不会伤害身体。并且，我将这种物质进行了改造和试验，完全了解了这种物质的特性，甚至可以控制食用者产生的幻觉的内容。我将其称作'幻粉'。我在鹿肉汤中加入了一点幻粉，可以让食者看见食材曾经的生活状态。"

一时间，比赛现场静寂无声。评委和罗魔刀一起静静地注视着场地中央。每个人眼中看见的是不一样的小鹿。然而大家都知道，它就在那里，同时存在于一碗汤中和虚幻的视野里。

"加入不同的分量可以控制不同的幻觉。越多的分量可以越真实地模拟食物的自我。换句话说，有可能你在吃鱼的时候感觉自己就是一条正在洄游的鱼。"饕餮冰冷的电子声回荡在罗魔刀的耳边。

罗魔刀死死地注视着那只旁若无人的小鹿。怎么可以这么真实？他能看见小鹿身上的绒毛，看见它清澈的眼睛，就像动画片里一样无瑕。

"一边吃食物，一边看着它活生生的样子，感觉如何？这种体验很深刻吧？"饕餮的声音在罗魔刀耳边响起。

罗魔刀回头，苦笑一下："确实令人印象深刻。"

罗魔刀感觉不舒服，有点毛骨悚然的感觉。然而，他知道机器人不会懂。

毫无疑问，第二轮饕餮胜利。

评委宣布饕餮胜利后，纷纷嚷嚷，希望饕餮可以去掉这种幻觉。饕餮自我感觉良好地说："我十分抱歉，目前不能立即消除幻觉。不过，大约半天之后，幻觉即会消失。这种幻觉无害，诸位可以当其不存在。"

评委无奈之下，只得宣布比赛继续进行。

该饕餮问罗魔刀了。

饕餮说："若说美食便是体验，请问您认为我的幻粉如何？"

罗魔刀斟酌片刻，道："很有想法，确实令人印象深刻。"

饕餮似乎很得意："那您承认我的厨艺很厉害了？"

罗魔刀丝毫不为所动："技术是很厉害，但是美食不仅是技术，还需要投入情感……"

饕餮打断他的话："您承认我的技术很厉害了。当初的主人为什么要赶走我？我明明没有把厨房搞砸。"

****

饕餮读取到一段久远的记录。它把录像播放出来，投射在冰凉的墙壁上。

那是一个非常老式的房屋内部。仔细看的话，大约是三十年前吧。饕餮的外壳熠熠发光，它在厨房里挥舞着锅铲，画面里是锅里不断翻滚的食物。饕餮不时看一看客厅，那里有一位五岁左右的黑发小男孩在玩积木。穿睡衣的女人是他的母亲，正在陪他玩。饕餮将菜端到餐桌上，小男孩听见声响，便开心地跑到餐椅上去看。

然而，小男孩一看到盘子便哇哇大哭起来。女主人匆忙赶来，吓得惊叫一声，抱起小主人离得远远的。女主人命令它把自己关在储物间里。于是，画面便一片漆黑了。

直到夜里，男主人回来了。饕餮的录音器录到女主人在哭诉。接着男主人便扬声呼唤它。它走到客厅，男主人问它："这是你做的菜？"它缓慢地点点头。男主人毫不迟疑地命令它立刻离开，永远不许回来。它临走时看见小主人在做手工——一只剪纸蝴蝶。

饕餮说："那是我第一次做新菜式。我不明白主人为何赶走我。"

罗魔刀说："答案不言而喻。你为什么要做一盘油炸老鼠？人类不吃老鼠。"

饕餮不甘心地反驳道："老鼠也是蛋白质、脂肪和碳水化合物的组合，和其他肉类有什么区别？"

罗魔刀笑着摇摇头："在人类漫长的饮食文化中，有很多更好的食物来源，人类从未将老鼠当作主要的食物来源，而且野生老鼠携带着大量病菌。况且，中国人还有一句俗语——'过街老鼠，人人喊打'。由此可见，老鼠是惹人厌的。"

饕餮冷哼一声，表示依然不满。

罗魔刀说："饮食是一种文化，并不是任何可食用的生物都会受欢迎，还要结合人类的文化。理解和共情……当然，这对你来讲很难做到。"

饕餮似乎还沉浸在过去："后来，我在门口守了三天，可是男主人报警了。"

罗魔刀若有所思："然后你就来我的餐厅做帮厨了。"他的脑海中浮现出久远的情景。

＊＊＊＊

那天晚上，已经23点了，罗魔刀的"休止符"餐厅还没有打烊。顾客已经全部离开，大堂里空荡荡的，灯灭了，前门也上锁了。所有的厨师、助理、侍应生都聚集在后厨，连收银员也在，罗魔刀也在。所有人围成一个圈，表情各异地看着圈里的境况。罗魔刀穿着主厨装，牵着一个哭泣的小女孩。他瞪大了眼睛，简直不敢相信看到的一切。他感觉自己的一片苦心都化为乌有，心中充斥着痛苦、不甘和巨大的失望。这一切都化作严厉的眼神，他说："谢夫，这是怎么回事？"

圈中央站着那个机器人。它当时穿着厨师助理的衣服，胸牌上写着"谢夫"两个字，扣子扣得很严实，而不是像在场的大部分厨师那样撸起袖子，解开衣扣。在众人的围观之下，它显得形单影只。它的脚边是一只白色的小狗，已经死了。狗腹部被撕裂开一条巨大的伤口，内脏流了出来，令人浑身发毛。一片鸦雀无声中，只有小女孩的抽泣声。

"呜呜呜呜……露露它……"小女孩泣不成声。

机器人仍然是单调的电子音："我在练习厨艺……"

罗魔刀一字一句地说："你杀了丹丹的宠物狗。"

机器人似乎不知所措，它习惯了遵从命令，缺少表达的功能。它费力地说："练习……食材……需要……"

罗魔刀说："为了练习厨艺，但没有多余的食材，你就去杀狗？"

机器人艰难地回答："《机器人守则》……不能伤害人类……"

罗魔刀的表情很痛苦，他走近机器人，凝视着它的电子眼："狗也是生命，你无权随意地伤害它。这非常严重。"

人群里冒出一个声音："前两周有好几次在后门发现流浪猫、狗的尸体，大都残缺不全，有的……只剩头了。"

众人皆惊。几个女孩子发出了尖叫声。

罗魔刀闻言更怒。他几乎是咬着牙说："马上给恒明公司打电话，把谢夫送到公司回收。"

机器人愣住了，它又听到了"回收"这个词。所有机器人都知道，被回收就是被熄灭能源，被拆解，身体的部件被分散到新的生产线上，成为其他机器人的组件。它的电子眼闪个不停，似乎在乞求。

罗魔刀已经走开去打电话了。然后他回来告诉众人："恒明公司马上派人来。"

大家交头接耳，有一种如释重负的感觉。这个机器人来到餐厅后，一直是众人暗中关注的焦点。机器人也想当厨师？简直是天方夜谭。眼下的意外其实更符合人们对机器人的看法。机器人怎么会做菜？它们甚至难以分辨什么是可以用的食材。

罗魔刀听着大家的讨论，心里很不是滋味。他又想起了机器人被主人家赶出来的事。那时候他做了什么？哦，一盘油炸老鼠。他认为主要的问题是机器人完全不理解自己的错误。无论是猫、狗、老鼠，还是猪、牛、羊，在它眼中都是富含蛋白质的食材。

恒明公司的员工来了，带走了机器人。罗魔刀以为那就是自己最后一次见到它。

事实上，两天之后，罗魔刀接到了电话——谢夫在被销毁之前逃出了公司。后来人们花费了大量的警力寻找，未果。市民们要求政府加大排查力度。一个会杀猫、狗的机器人，谁能保证它不杀人呢？但是，纷纷扰扰的三个月过去了，依然没有找到它。恒明公司为此公开赔罪，并表示给新出厂的机器人都加装了自毁机制，一旦在违反《机器人守则》的情况下伤害生命，就立即格式化主板芯片。随着时间的流逝，人们渐渐忘记了这件事。

此后，罗魔刀再未见过它。

# 第三轮比赛

选手的辩论又离题万里，主持人宣布进入最后一轮比赛。

第三轮比赛，以"变化"为主题。要求参赛者在食物中融入更多的变化。

魔刀感觉压力倍增，决定放手一搏。

他挑选了糯米、鮰鱼、酸黄瓜、青辣椒、酒酿、苦瓜，打算做一个五味酿。他将鱼切成片，青辣椒掏空，酸黄瓜和苦瓜切片，糯米煮成饭，加入白糖拌匀。再将糯米塞入青辣椒腔内，也将酸黄瓜放进去，然后将青辣椒塞入苦瓜中，最后用鮰鱼片将青辣椒包裹住，缠上线，上蒸锅蒸。蒸好后，这道菜颜色非常好看，一层白，一层绿，一层黄，从里层到外层有五种味道，糯米饭甜，酸黄瓜酸，青辣椒辣，苦瓜苦，鮰鱼鲜美，而且均衡搭配了主食、蔬菜、鱼肉，摆盘也好看。

评委吃过之后，纷纷大赞。

何旭说："这道菜营养十分均衡，味道的层次很多，样子也不错，非常有设计感，截面看上去挺像那个什么，波——波——波……就是那个圆圈。"

蒋耘接话道："波普圆圈。"

何旭说："对对对。是那个……罗先生毕生功力深厚啊。"

说完了罗魔刀，又来说饕餮。

饕餮手中提着一个水壶。非常简单，是纯净水泡的茶。它将几个深口盘子放到评委的桌上。

饕餮将茶水沏好，然后拿出一个金属罐，往里面喷了什么气体。罗魔刀看出来，是液氮。茶水凝固成了白雪。饕餮用细细的软管将茶雪吹入评委面前的盘中，力道刚好，茶雪不会溅出来。评委面前出现了一场纷纷落雪，盘里是梅花糕。梅花糕是烫的，雪落入即化。渐渐地，雪化作"一江春水"，真如落花流水一般。很快，雪水被盘底的什么东西吸掉，只余下点点茶色。

蒋耘拿起一块梅花糕，饕餮说："外层是青皮，模仿了江南的青团。"

他咬掉一半，露出满意的表情。

饕餮开口："里面是酸梅糕，消暑良品。"

吃完梅花糕，盘底剩一层细小的"鹅卵石"。何旭用勺子盛起来，尝一尝味道。

饕餮解释道："是栗子泥、松子和巧克力碎屑。"

罗魔刀思索了一下，栗子泥中加入松子，浓浓的丰收滋味，加上茶雪化的水，还有一点巧克力碎屑……回味无穷，非常精妙。

周泰山赞叹道："好一个春、夏、秋、冬……哎，简直像一场小电影了。"

罗魔刀注视着评委，感觉身子摇摇欲坠。

他输了。

他看见评委对饕餮露出了欣然之情。他可以想象，走出这艘船，明天的报道将铺天盖地，充斥着网络，都是说机器人打败了人类，更懂得美味。

他想起四十年前的那天，阿尔法狗击败了围棋将士。人类的阵地一一失守，眼看就要全面沦陷了。

魔刀痛苦地将头埋入臂弯。他听见了咔嚓声，是饕餮。

饕餮依旧是冰冷的电子音："你输了。"魔刀却听出了讽刺的意味。

他努力维持尊严："你赢了。那又如何？并不能证明你就此赢过了人类。不过是一些新奇的技术罢了。"

饕餮发出了从未发出的声音，那是一种活泼的电波声，也许它是在笑。

饕餮说："至少你心服口服。"

罗魔刀瞪大了眼睛："我心服口服？你如何得知？"

饕餮说："你认为评委让我赢了，所以你心服口服。"

罗魔刀一头雾水。

饕餮开始屠杀它的猎物："还记得那只鹿吗？"

罗魔刀看向远处，那只小鹿已然变得透明，快要消失了。

饕餮的电子音变得残酷而疯狂："你再看看，这里还有什么和鹿一样？"

和鹿一样？这是在暗示什么？鹿？是说幻觉吗？

罗魔刀开始思索。现场的生物并不多，罗魔刀相信饕餮并不是幻觉，那么还有谁？还有谁可能是幻觉？大嘴先生？不，他本来就是全息投影，并未来到现场。那就是……？

罗魔刀感到心一沉，好像有什么呼啸而去。心中有成百上千的念头，他抓住了一个可怕的想象。

评委。

\*\*\*\*

他抬头注视着评委席，那里影影绰绰，五个人影如鬼魅一般。

他们是幻觉？

罗魔刀感觉自己陷入了荒唐的梦境。

饕餮得意地说道："你猜到了。没错，今天的评委都是你的幻觉。所以评委的表现是你内心的投射。你认为评委判决我赢了，那么就代表你输得心服口服。"

罗魔刀一时间感觉头脑爆炸了。

如果评委是他的幻觉，那这种幻觉是如何发生的？

如何发生的？

发生的……

他想起了那只鹿，还有今天的早餐——映着霞光的炖汤。

罗魔刀的血液凝固了，他闭上了眼睛。

他非常愤怒，然而却冷静地对饕餮说："你杀死了评委？让我喝了汤？你可知道机器人不能杀害人类，你会被销毁的。"

饕餮模拟出了笑声，非常可怕，非常令人绝望："我不过是想努力研究厨艺，人类却不断地阻挠我，不断践踏我的追求。为了我的梦想，我有什么不能做的呢？我是要被销毁的，不过在这之前，我赢了，我让人类公认的大厨心服口服。我的梦想实现了。"

罗魔刀认为饕餮的主板一定是出问题了。这个机器人的逻辑令人难以接受。

今天发生的一切都令人难以接受。

罗魔刀说:"机器人果然缺乏情感。你完全不懂得生命的珍贵,不能共情。在你眼里,所有生物都是食材吧?"

饕餮说:"那又如何?"

罗魔刀说:"大嘴先生知道你这么干了?"

饕餮又发出了那种令人难以忍受的电子笑声:"他才不会在乎呢,只要餐厅能够大火。"

饕餮沉浸在胜利之中,它播放起一首乐曲,快乐地收拾着料理台。

罗魔刀躺在地上,感觉身体变成了一碰就碎的空壳。他无比想念地球。这个太空发生的一切都太荒谬了。

饕餮浑不在意,好像它赢了,这就足够了。它年久失修的身体就快支撑不住了,好在它完成了梦想。

罗魔刀发现它放的曲子是一首老歌——周杰伦的《稻香》,四十多年前很火。

饕餮忽然说:"机器人怎么会没有情感?这首歌是我做家用烹饪机器人时记录下来的,一直没有删除。"

饕餮开始喋喋不休地讲述它当初做烹饪机器人的历史:"小主人非常喜欢我烹饪的菜式,虽然那只是程序内置的一些普通菜,他每次都吃得很开心。主人喜欢在就餐时放音乐。他很喜欢周杰伦,他告诉我,这首曲子,告诉人们要珍惜家人……小主人说过，我也是家人！"

饕餮大声说："人类中如果只有一个人信任我，那么就是小主人！"

罗魔刀疲倦地听饕餮废话。

饕餮自言自语地说："就是因为小主人喜欢我做的菜，我才爱上了烹饪。今天的胜利也应当告诉他，应当有人记住我赢了。"

话毕，全息投影忽然亮了起来。

"喂？喂？饕餮在吗？"是大嘴先生。

罗魔刀闭上眼睛听机器人传来愉悦的咔嚓声。

大嘴先生似乎很兴奋："你赢了吗？有个好消息要告诉你。"

饕餮带着掩饰不住的得意说："您放心，当然是我赢了。"

大嘴先生说："你这个机器人！哈哈哈，我就知道你没问题！"

饕餮连忙拍马屁："当然是因为老板您的大力支持！感谢老板！"

主仆两个人寒暄了两句，饕餮急忙说："您说的好消息？"

大嘴先生说："你的小主人已经找到啦！"

饕餮和罗魔刀皆是一惊："找到啦？在哪里？"

大嘴先生说："就是叫什么……蒋耘。你放心，地址都有，我有事先走了。"

"蒋耘？"罗魔刀觉得这个名字非常耳熟。

非常耳熟。

罗魔刀睁开双眼，看向评委席。那些影影绰绰的人影几乎看不见了，但还是给人一种毛骨悚然的感觉。桌上的桌签一字排开：周泰山、何旭、金牛、蒋耘、齐炎。

蒋耘。

一片死寂。

饕餮不再动弹。它一动不动地站着，完全失去了快活的情绪。

罗魔刀忽然放声大笑，接着又大哭起来。

# 画　魂

# 1

"冉尔！上班玩什么手机！又在偷懒！"

一声怒吼，吓得冉尔把手机摔了。

脸色苍白的年轻姑娘抬起头，撞上组长那冷冷的目光，打了个哆嗦。组长怎么忽然晚间巡视来了？倒霉。冉尔努力把自己缩起来，习以为常地接受责骂。

阅览室值班员冉尔，因为屡次偷玩手机而被组长逮到，不得不写长篇检讨。

"行了，别摆出那么窝囊的样子，懒骨头。"组长脸上有两道深深的法令纹，尖锐的目光刺得她坐立不安。

冉尔偷偷抬眼望去，偌大的福城图书馆的阅览室里，统共坐着三个读者，平均年龄超过五十岁。冷白的灯光照耀着一排排书架。千百年来人类文明的精华静静地躺着，等待寥寥无几的访客。这个时代，还有几个人看纸书呢？更别提上图书馆来看书了。

时间接近晚上九点，还有一个小时才闭馆。冉尔垂头丧气地送走组长。本来她就神色恹恹，精气衰弱，现在更是化身为衰神本尊。

终于到了九点五十分。阅览室开始播放闭馆音乐，读者走光了。冉尔检查了门窗，又把乱放的书放到书车上。明天等同事来归架吧，她疲倦地想。

锁上门。冉尔单薄又瑟缩的背影融入夜色，仿佛她本来就是夜晚的一部分。

＊＊＊＊

离开单位，冉尔仿佛恢复了一点活力，她的眼睛紧紧盯着手机，过马路都不放下。一辆右拐车辆呼啸而过，吓得冉尔又差点摔了手机。她摸着手机坑坑洼洼的表面，心里盘算着要不要换一部新的。算了，没钱。图书管理员微薄的薪水只能勉强糊口。

"刚才怎么了？"手机一振，正和她聊天的人发来消息。

"没怎么，过马路呢。"冉尔打字。

冉尔的聊天对象便发来一个微笑的表情。

清瘦、无精打采的姑娘露出一个微笑，毫无特色的五官看着也有点可爱了。然而，她立刻又陷入一种惆怅。冉尔看着路过的情侣，男生搂着女生的肩，情意融融的样子。她只好双手抱臂，抵御着初秋夜晚的寒冷。

"至少还能聊天。"冉尔自嘲道。

手机里的男子微笑地看着她。不，他应该还是个少年。他穿着黑色的对襟衫，露出里面的中单，是一个宋朝人的形象。他的头顶悬着ID：王希孟。

如果对绘画史稍有了解，就知道，王希孟是大名鼎鼎的《千里江山图》的作者。十八岁的天才少年，在宋徽宗的指点下，留下这幅绝世名画，不到二十岁就去世了。

传说，名画是有生命的。作者的全部思想和生命，都留在了画中。就像作家的遣词造句、标点习惯、常用词语等，无不带着鲜明的个人烙印。

不知道是科技进步推动了想象力的发展，还是反过来，总之，基于上述理论，创艺公司真的开发了一款运用了增强现实感技术的手机APP——画之魂。用户只要打开这个APP，扫描一幅画作，应用程序就会根据画作里的信息生成一个虚拟人形的"画之魂"。通过计算画面的色彩范围的分布函数、线条粗细和连贯函数、图形的交叉点和夹角个数……再加入一个神秘的参数 $\Omega$，程序会塑造出画之魂的性格特征。用户可以与画之魂聊天互动，画之魂算是另一种形式的智能聊天机器人。

APP包装得很好，虚拟的画之魂人物高度仿真，外形写实。用户还可以为其建造房屋、添置家具，打造一个高度真实的居所，就像养了一个真人风格的电子宠物。

横空出世的画之魂APP如流感般席卷全国，占领了各大APP排行榜前五名。一时间，网络上各种帖子都在讨论"凡·高"到底有什么精神病、"达·芬奇"语速超快、"张择端"似乎是个话痨……微博上有个姑娘，天天直播自己如何与生成的"雷诺阿"互动，最后还谈上了恋爱。几个月后，当两个人真的办婚礼时，姑娘已成为粉丝数百万的"网红"。她打扮成小艾琳，和自己的手机走红毯，这段视频直播更是获得了巨额赞助。

有段时间，冉尔周围的人都在玩画之魂APP。为了融入大家的日常聊天，她便下载了一个看看。不过是基于图像的情感识别技术，加上一些机器学习和神经网络算法罢了，冉尔想。她大学学过一点计算机选修课，比不懂程序的人们冷静一些。

正好，故宫藏的《千里江山图》在本市博物馆巡回展览。如果名画里蕴藏着作者的生命，更别提《千里江山图》这种画了——王希孟一生仅有这一幅传世之作。冉尔带着手机过去，见工作人员不阻止拍照，就偷偷地扫描了一下。APP果然生成了一个古代少年的形象——圆脸，呆头呆脑的。输入ID的时候，冉尔用了作者的本名——王希孟。刚诞生的虚拟小人有点呆，聊天基本上是外星人思维。不过冉尔知道计算机模型需要不断训练，即不断输入数据，修正程序。因此，她时常跟他交流。

冉尔周围的人，渐渐不再聊到这个APP了。人的新奇劲儿过去了，有趣的东西又层出不穷，大家的注意力便转移了。冉尔反而陷进去了，每天沉迷于和王希孟聊天，甚至有好几次被领导逮住上班偷玩手机。她也没料到，自己竟然沦落到和虚拟人物做伴……大概是因为现实中找不到愿意和她聊天的男生吧。

＊＊＊＊

冉尔出身于普通市民家庭，成绩平平，长相路人，一路平凡地长大。父母不喜欢她唯唯诺诺的性格，对她非打即骂，更是让她越活越卑微。普通大学毕业后，冉尔找了一份在图书馆的清闲工作，继续过毫无波澜的人生：收入微薄，也没有人追，活到了27岁，连男生的手都没牵过。她也曾用仰慕的心情关注某个男同学，然而不小心听到他跟同伴聊天："冉尔？哈哈哈哈，从来没见过她说话，她真的不是聋哑人吗？"这份感情便无疾而终了。

只有手机里的这个少年会不厌其烦地陪她聊天，虽然说得驴唇不对马嘴，也能逗冉尔笑几声。天下难得找到她这样孤独又无所事事的人，这样无聊且可笑的对话，竟然持续了大半年。

有一天，她忽然发现画之魂申请授权使用手机里的其他APP。

"这么智能了？"冉尔有点意外，还是通过了申请。之后，她发现画之魂好像浏览了历史数据库和现代汉语教程。一段时间后，王希孟有了进步，聊起天来像真人了。

有"人"陪伴的生活，犹如加入梦幻色彩的滤镜。冉尔真情实意地把他当作伙伴，从历史聊到绘画史，又聊到现代生活和科技发展。在家里，他们语音聊天；出门在外，则用文字对话。

冉尔小时候看动画片，每一个孩子都有自己的数码宝贝。她好羡慕，可是家里连猫、狗都不许养。

现在她犹如在手机里养了只宠物，还会说话。冉尔好久没有这么开心了。

"你说我曾经画的那幅画还在展出？"王希孟问道。

他真的把自己当作历史上那个天才少年本人了，冉尔也不戳破，只告诉他，科技复活了他的灵魂，让他住在手机里。于是，王希孟对神奇的科技充满了敬仰。

"对，还有一周撤展。"冉尔回答。

"我可以去看看吗？打开手机的摄像头就可以。"

没想到少年提出了这个想法，冉尔愣了一下。不过这也不是什么难题。冉尔怕周末人多，特意请了假去看展。

进了展馆，冉尔关闭闪光灯，打开手机的前置摄像头，扣在玻璃罩上，慢慢地走过近12米长的画卷。赤金色的绢底上，青色和绿色的山石熠熠生辉。

出来之后，王希孟变成了话痨，聊天信息如同弹幕一样铺天盖地。

"哇哇哇哇！！太美了吧！！"

"好厉害！！！我真的太厉害了！"

"好想画画！好想画画！！好想画画！"

冉尔无力地捂脸。现在的程序也太智能了，都会发展兴趣爱好了。冉尔研究了半天，终于想出了一个办法。她购买了一个画中国画的APP，让画之魂获得使用权限。这样，王希孟就可以画画了。

王希孟模仿《千里江山图》，画了好几幅青绿山水。

"你画得不错啊！"冉尔由衷地感叹道。

王希孟高兴地说："送给你吧！"那几张山水画立刻就存储在了她手机的相册里。画之魂基本上获得了手机的全部权限，几乎成了她手机的智能意识。

冉尔放大了看看，心酸地笑一笑。第一份来自异性的礼物，哪怕是虚拟的，也好啊。

王希孟乐此不疲，接连送给她一百多幅画，撑得她手机内存都满了。

过了几天，王希孟问她："冉尔，冉尔！你给我看看你的样子！我给你画幅画像！"

冉尔连忙拒绝："我长得不好看，还是不要了吧。"

"哎，"单纯的少年有点困惑，"你很温柔啊！不管长什么样都会讨人喜欢的。"

"谢谢你啊！"冉尔意外地被虚拟人物安慰了，她感动得又给王希孟买了几个油画和水彩画的绘画APP。

于是，几天之后，冉尔收到了王希孟的水彩习作。画上是一个少女，色彩很有雷诺阿的风格，却是黑发、黑眼，脸颊娇嫩的触感呼之欲出。画中少女托腮正在看书，手边一朵栀子花，说不出的娴静美好。画上还题了诗："半窗闲月半盏秋，半朵香魂半纸愁。"

"我想象中你的样子。"王希孟说。

冉尔苍白的脸庞竟然流露出一点属于少女的光彩。

## 2

"你最近一定是恋爱了。"八卦的同事们断言。大家穷极无聊，连冉尔这种透明人的隐私也开始打听。

"没有……"冉尔不太坚定地否认，收到了各色人等的促狭目光。

唉，和虚拟人物能叫谈恋爱吗？冉尔正在苦恼，却听到计算机的提示音。收到了一封新邮件。

她连忙打开。署名是"福城美术学院的学生"。看完邮件后，冉尔呆住了。

晚上回到家，她很快就在沙发上睡着了。

****

冉尔梦到一个小孩。他很瘦弱，头发发黄，脸色发青，不知道能不能长大。那个小孩拿着半截粉笔在地上画画：太阳，云朵，树……忽然，粉笔断了，他仰着头，"哇"地哭了起来。

两个大人连忙跑过去，围着他。冉尔发现，旁观的自己也是个小孩，她怯怯地叫："妈妈……爸爸……"

大人们都没理她，两个黑乎乎的后脑勺就像骷髅的眼窝。

冉尔便不说话了。过了那么久，那种无人回应的可怕孤独感，她依然记得很清楚。

画面变了。

冉尔抱着一只小猫站在家门口。没满月的小花猫，乖乖地卧着，睁着眼睛看她。

家门从里面打开。面目模糊的女人尖叫道："养什么猫，不知有多脏！快拿开！！冉喆对猫毛过敏，你是要害死他吗？"然后那只瘦骨嶙峋的小猫被女人扔进了垃圾袋，连着厨房垃圾一起丢掉了。

对，冉喆，都是因为冉喆，她失去了父母的爱，也没有小伙伴。

那个带着诅咒出生的小孩，吞噬了她周围所有的爱和幸福。

父母永远在照顾不断生病的弟弟，因此也不能全心工作赚钱。患者花销可怖，家里总是捉襟见肘。各种禁忌和约束更是多到令人匪夷所思：不能带小伙伴来家里，不能养宠物，不能吃弟弟过敏的食物，不能喧哗，不能蹦跳，不能……不能不能不能，一切都不能！

因为弟弟会不舒服，却没有人问过她舒不舒服。

生活和每天的食物一样单调。渐渐地，小女孩习惯了安静而不引人注意地活着。冉尔好似学会了隐身法术，除了还有呼吸，其他的基本上可以被忽略。

弟弟仿佛吸干了父母和姐姐的生命力，顽强地长大了，身体不算好，但也不差，还因为绘画天赋而出名，成了远近闻名的画家。

父母佝偻着腰，露出欣慰的表情。冉尔沉默不语，心里却偶尔涌出形状清晰的恨意：因为他是儿子吗？所以费尽力气也要养大。即使女儿再健全，也是女儿……可以忽略不计。

冉尔恨着冉喆，希望他因为一场高烧而夭折。

冉喆熬过了无数次凶险的高烧。

不过，最后他还是死了——抑郁症自杀——从画室楼顶上跳了下去，顺便把自己的画作一把火烧了个精光。

都说天才和疯子只有一线之隔，冉尔是相信的。冉喆的一生，完全和幸福不沾边，生的病都不算大病，却层出不穷。虽然他夺走了父母几乎全部的关注，但冉尔记得他每次生病时皱眉头的脸，还有虚弱的呼吸。摊上被病痛折磨的一生，离开时仅得了抑郁症，他已经赚到了。

只是，冉喆死的那天，冉尔才意识到，自己其实很爱他。

冉喆才是她梦寐以求的、陪伴一生的小伙伴。血缘赋予了他们最牢固的牵绊。

失去才知道珍惜。葬礼过后很久，冉尔的心仍被悔恨浸泡着。如果再多关心一点，冉喆就不会发展成抑郁症吧……

冉尔满怀孤寂地醒来。

父亲去世之后，母亲也得了老年痴呆症，住在城郊的养老院里，心情好的时候，会念叨冉喆，却从来不提冉尔。

冉尔不得不承认，她是注定要一个人活下去了。

"冉喆。"

冉喆的画竟然有三张没有被毁掉。他的同学还记得冉尔，发了邮件过来，问要不要寄给她。

忽然，冉尔的胃部收缩几下。她想起自己还没吃晚饭，便匆匆地下了一碗面条。捧着碗，她神思恍惚地想："我到底怎么了？"

一种突如其来的兴奋如同门缝里泄出的光，引诱着她。冉尔不知道想到了什么，她呆呆地坐着，忽然又站起来。

如果王希孟能从古画中复活，那，现在有了冉喆的画……

蓦然，疯狂的念头如火焰般吞噬了她的全身。她感觉脖子后面的皮肤都在发烧。

"冉喆。"

她一遍遍咀嚼这个带着药味的名字，直到舌尖尝出了一点涩涩的甜。

可是，画之魂APP只能存储一个虚拟人物，她要删除王希孟吗？冉尔不知凝固了多久，终于缓缓举起手机，打开画之魂APP。

"希孟，你在吗？"她打字。

"在啊，怎么了？"王希孟很快回复。

"哦，没事。我刚回家。"冉尔聊起了平常的话题。

冉尔察看了她的银行账户余额，2387.5元。

"买不起大牌，国产智能机也行。"她盘算着再买部手机，再下载一个画之魂APP。

"说起来，画之魂APP好久没有更新了呢。"冉尔无意识地点进应用商店。她手指滑动，在一大堆更新列表里找画之魂APP。没有。冉尔不死心地进入搜索界面，想看看最新版是不是自己手机上的这个。

搜索结果显示：无。

画之魂APP已经从应用商店里下架了？冉尔吃了一惊。那，这样的话，买新手机也没有意义了……冉尔意识到，自己手机中的画之魂是"复活"弟弟的唯一途径了。

王希孟……怎么办呢？……


＊＊＊＊


周末，冉尔坐上了开往城郊的公交车。到了一个月探望一次母亲的时候。

母亲精神很好。她失去伺候了半辈子的儿子和丈夫，反而从繁重的家务中解脱了。虽然因为患有老年痴呆症，神智不太清楚，但老太太的身体硬朗多了，面色也红润起来。

"冉尔。"今天母亲心情很好，认出了女儿。

冉尔陪她在花园里走了几圈，又拿出买的橘子来剥。

"冉喆呢，他怎么没来？"老太太接过橘子，忽然想起了什么。

"冉喆……他出国留学去了，近期不会回来。"冉尔低声哄她。

"冉喆怎么不来？臭小子，我累死累活地把他养大，现在他倒不管我了！"母亲脾气依然不好，开始声讨"不孝子"。

冉尔埋头削苹果，把果肉切成一块一块的，端给老太太："妈妈，多吃水果，补充维生素。"

母亲仿佛累了，坐在木椅上慢慢吃苹果。忽然一声哽咽，她的眼角流出了泪花。

"我的儿啊……"她似乎清醒过来了，想起冉喆已经不在了。

冉尔手一抖，把橘子捏破了皮，沾了一手汁水，眼圈也红了。

"妈妈，弟弟他真的出国了。下次我提前跟他说好，让他给你打电话吧。"冉尔咬牙道。

"真的吗？"母亲仿佛很高兴，连忙把装着橘子的口袋系好。

冉尔正要自己拿一个吃，莫名其妙地解开了口袋。

"别贪吃！这个给冉喆留着。他最喜欢吃橘子。"老太太美滋滋地抱着塑料袋，打了冉尔一下。

母亲当然是偏心冉喆的。可是，在这一刻，冉尔忽然冒出了个念头。

只要能让母亲高兴点，她宁愿自己去死。

"让冉喆活着吧。"冉尔闭上眼祈祷。

在返程的公交车上，冉尔几次拿出手机，又放了回去。

直至回到家，她疲惫地坐在沙发上，把心一横。

"希孟，你在吗？"她打字。

"在啊，怎么了？"王希孟很快回复。

"我……对不起……我要生成一个新的画之魂……"冉尔艰难地打着字。

"啊？"王希孟愣了一下，黑黝黝的眼睛茫然地看着屏幕外。

"你很好……但是……这个APP里面只能存储一个画之魂……抱歉……必须把你删掉。我要生成冉喆的画之魂。"冉尔"吞吞吐吐"地打字。

她惊讶于心中难舍难分的情绪。不过是一个虚拟的人物，你真的爱上他了？省省吧。她用力擦了擦模糊的双眼，觉得自己太神经质了。可是她的心脏好像被洞穿了，她不得不把自己裹在被子里，才稍微减轻了一点痛楚。

心里的另一股渴望则拉扯着她，连眼神也燃烧起来了。王希孟固然是很重要的伙伴，但是"复活"弟弟……她整个人都抖了起来……如果新的画之魂能达到王希孟的智能水平，不就是弟弟的灵魂重生吗？

冉尔完全被这念头攫住了神思。

王希孟一直没有回复她。

冉尔握着手机，终于睡着了……

醒来之后，冉尔从亢奋的状态脱离了。她想起王希孟陪伴她度过的快乐时光，心中涌起了强烈的愧疚。而复活弟弟的念头是一颗炙热的钉子，钉住了她想要退缩的内心。箭在弦上，不得不发。她感觉无法面对王希孟，就好几天都没有打开画之魂APP。王希孟也没有通过手机里的其他应用给她发信息。双方都不明原因地保持缄默。

冉尔坐立不安地等待冉喆的画寄过来。

## 3

冉喆的画寄到时，是一个漫天红霞的傍晚。

冉喆的画作一贯带着灰蒙蒙的镇静，有时候是风景，有时候是群像，轮廓写实，但色彩诡谲。据说这都是他病重时梦到的画面。那些调色盘里调出的奇异色彩难以名状，介于各种颜色之间的过渡状态。

统一的特点，大概是描绘了绝望背后的淡薄希望。当一个人面临死亡时，意识缩成一丁点大的平静，如风中残烛的火苗，却怎么也熄灭不了。这种微弱的顽强，似乎击中了人们心中共同的恐惧——面对死亡和未知的战栗。冉喆凭此名声暴涨，声望在他死后达到高峰。

可惜未售出的画作几乎全被烧了……

冉尔上完早班，带着快递箱回了家。她撕开包装的纸箱子，露出画的一角，松节油的味道浓烈起来。冉尔心中一跳，想到了什么。冉喆的画作价值连城，他的同学为何会主动归还？真是世间少见的高尚君子吗？

她顾不上开灯，就着昏暗的余晖撕掉包装纸。露出的第一幅画，让她浑身一震。

大块的色彩横亘在四开的画纸上，从淡金色过渡到铁锈灰。黑色的抖动曲线穿梭其间，还有灰绿夹深蓝的三重波浪细线，铺满画面。画纸中部偏左是一片浓重的血红，边缘略微晕开，呈放射状，怪异的形状和色彩似乎与画面其他部分不搭，但整体看来，为画面营造了极强烈的生命感。那血红色块犹如剥开皮肤露出的跳动血管，散发着可怖的吸引力，又带着血渍晕开后稀薄的、微微刺痛人的奇异宁静感。整体就像画家剥离了心中的绝望，血淋淋地掼在纸上，然后心平气和地抹开。

竟然是这一幅。

冉尔又翻动另外两幅画。剩下的两幅其实是早期的残稿：一幅只有潦草的铅笔草稿；另一幅则在画面中心绘出三个人头，阴影浓重，眼神扭曲，其他部分则完全空白，形成了强烈的对比。

好吧。她明白了。这三幅画并不是冉喆的典型作品，也卖不出高价。

她又回到第一幅画，发起呆来。

这一幅并不是冉喆擅长的风格，而是抽象画，颜色和线条脱离了叙事功能，直接传递着强烈的情感。

她的目光落在那一大片血红上。

她还记得自己把颜料糊上去的感觉：黏稠的，带臭味的软膏，闻起来却让神经微微兴奋。这幅原本是淡金色湖面的写生，因为突兀的鲜红色块，只好被废弃掉。以前趁冉喆不在，她毁掉了他刚开始画的作品。

那时候，冉喆得了重度肺炎，稍有好转却挣扎着坐起来，不停地画画。

妈妈和冉尔无论怎么劝说也不行。照料患者的差事很烦琐，冉喆却并不爱惜自己的身体。在那一刻，冉尔感觉自己二十几年的隐忍都喂狗了，从小因为弟弟而遭受的一切，竟然什么也没换回来。他还是病恹恹的，也不打算活得久点。

妈妈早就被生活折磨得脾气暴躁，那天早上，因为冉尔忘记洗衣服而打了她一巴掌。

冉尔还记得她是怎么捂着脸，拿起画笔，把一管大红色颜料全部挤出来，泄愤似的涂抹在画面上。那犹如胸口被刺穿的血迹形色块，仿佛一只死去的眼睛。最后她放下笔时，发现冉喆苍白着脸正在看她。

冉尔完全不在乎冉喆的反应，扬长而去。冉喆冰冷的愤怒不及她多年压抑的十分之一。来吧，看谁的怒火更大。

"我不会输的。"她在心里说。

冉喆之后并没有找她麻烦。他好像受到了打击，一个月都没有画画。冉尔不禁有一种隐秘的胜利感。

时隔多年，冉尔惊讶地发现，她当初毁掉的那幅画，竟然被他修改成这样。湖面的波光变成了装饰意味强烈的波浪线，那巨大的血红色块，也经巧妙地修饰进入了画面，醒目而不突兀。

她枯坐到夜幕降临，方才眨一眨眼，已经给冉喆的同学回复消息，说收到画了。

"冉尔姐，你看到第一幅画的签名了吗？"大概是她反应平静，那名热心的同学提醒道。

冉尔又仔细端详，终于在右下角发现了潦草的签名。

"活着。冉喆＆冉尔。2013年10月16日。"

寥寥几个字，却像一根又一根针刺进她的心。

她以为那是毁掉。

他却变成了创作。

活着的感觉……是这样吗？

多年前无声的冲突，化作河流，反复冲刷她的伤口。

冉尔抚摩着并排的两个名字，蜷起身子，好像在抵御并不存在的巨大疼痛。

她终于举起手机，下定了决心。

她打开了画之魂APP，意外发现王希孟并没有出现。可能是因为生气，也可能是因为无法面对，他故意躲开了。

冉尔咬着嘴唇，颤抖着点击"生成画魂"按钮。摄像头开始扫描《活着》的画面。

"确认生成新的画魂？现有画魂人物将被覆盖。"系统弹出提示。

她一脸空白地点击了"是"。

昨日之日不可留，今日之日多烦忧。

# 4

冉尔叩着手机，神情一松。

开弓没有回头箭，就这样吧。

接下来她却不敢打开画之魂 APP 了。按下那个按钮，用尽了她全部勇气。

冉尔把注意力放在工作上，拼命地整理读者乱放的书本，还自觉更新了阅览室的黑板报，得到了领导的表扬。

"早该这样。别像个游魂似的。"组长似乎松了口气。

冉尔绞着手指，露出一个羞涩的笑。她不由自主地打开画之魂 APP，想把得到领导表扬的事告诉王希孟。

映入眼帘的是一张熟悉的面孔，却不是王希孟了。

"冉喆。"她的眼泪夺眶而出。

瘦削的脸庞很苍白，眼神也呆呆的，但很亲切。她在人物名称栏输入"冉喆"。

"冉喆，我是姐姐啊。"她匆忙地打字。

"姐姐？"虚拟小人儿反应很慢，可能是刚诞生的缘故。

"你是冉喆吧？你是冉喆吧？"冉尔反复抚摩着小人儿的脸，

他竟然和冉喆一模一样。画之魂APP也太神奇了。冉尔激动之下，没有细想。

"冉喆，你还记得我吗？你以前喜欢画画……"冉尔语无伦次地快速打字。

冉尔拿出初次训练王希孟的热情，不停地跟虚拟小人儿聊天。

渐渐地，"冉喆"和她的对话也流畅起来。虽然记忆不在了，但这个人的性格，确实跟冉喆一样。他有点柔弱，但很善良，对绘画非常迷恋。冉尔把过去的事情一点点告诉他，他也欣然接受了。

冉尔顺利地得到了一个电子版本的弟弟。

＊＊＊＊

一个月后，冉尔告诉他："有事情需要你帮一下忙。"

"姐，你别客气。"冉喆非常爽朗。在这一点上，他比原来的冉喆好。以前的冉喆像黑暗里的植物，总是恹恹的。

于是，冉尔去探望母亲的时候，假装打通了冉喆的视频电话。画之魂APP里高度仿真的公寓场景出现在画面上。

冉喆留着短发，穿着清爽的淡蓝色衬衫和牛仔裤，向画面外打招呼。

"妈妈，您好吗？"冉喆的声音是电子模拟音，但激动的老太太完全没注意到这个细节。

"冉喆！你出国留学了？我看看你，怎么瘦了！"老太太大声地冲着手机说。

"妈，这边吃得不如国内好。"冉喆微笑着说。

"你什么时候回来？我给你做！"老太太一下子声如洪钟，满面红光。

"可能还要两三年呢……妈，您多保重。"为了防止露馅儿，冉喆假装要出门，挂断了电话。

和儿子打了电话，老太太心情舒爽，吩咐冉尔也给她买部手机，好经常给冉喆打电话。

"不行，妈。您已经丢了好几部手机。"冉尔故意责怪道。

母亲经常忘记随身携带手机，已经丢了三部。冉尔就不再给她买了，反正养老院有固定电话可以联系。现在，冉尔更不可能给她买新手机。"冉喆"只能在冉尔的手机上出现。

"好吧。好吧。"老太太不甘心地接受了。


# 5


冉尔回到家，长嘘一口气。觉得自己总算做对了一件事。

她打开画之魂APP，想感谢一下冉喆。

"希孟。"但她脱口而出的却是另一个人的名字。

冉喆似乎愣了一下，却微笑着说："姐，你竟然叫错名字了，以后谈恋爱要小心啊，哈哈哈哈。"

冉尔听到这爽朗的笑，觉得弟弟真是变了好多。虽然是熟悉的性格和长相，但气质阳光多了……

等一下，虚拟人物也会有气质吗？她不禁捏了捏鼻梁，最近果然是太累了。

因为最近心情很好，冉尔在单位也不再是畏畏缩缩的样子。同事们看到她对着手机露出温柔的笑，更加肯定她是在恋爱。

"你的皮肤都在发光，恋爱果然包治百病。"年轻的女同事羡慕地叹了口气。

"没有……真的没有。"冉尔略微拘束地摆摆手。

不过，当她一天内第四次对着冉喆叫"希孟"的时候，冉喆也神色古怪起来。

"姐姐，你是不是……喜欢这个希孟啊？"冉喆问。

"呃，并没有……可能有点愧疚吧。"冉尔说。

她曾经向冉喆介绍过他是如何诞生的，也告诉他，他的存在依赖画之魂APP。今天她则告诉他，在他之前，自己创造的那个虚拟画魂人物叫作王希孟。

"姐，过去的事就别想了。你以后打算做点什么呢？"冉喆认真地开导她。

"以后……大概还是做阅览室管理员吧。"冉尔一头雾水地说。

"你没有特别想做但没做过的事情吗，比如让你开心的事情？"

"跟你聊天很开心啊。"她说。

"没有什么想创造的东西吗？"

冉尔沉默了。

夜里，她又梦到了小时候。

弟弟在地上画画，粉笔断掉了，大哭起来。她拿着在学校画的画，想给爸妈看。她举着精心绘制的一家四口郊游图，只小声对着空气说："老师表扬我了，我想上画画班。"

可是两个大人都不理她。

妈妈见她发呆，生气地拍她脑袋："赶紧，给弟弟冲奶粉。"

她只好丢下画，去冲奶粉。回来的时候，她却看到弟弟正在兴高采烈地撕她的画。小孩子什么也不懂，只是觉得纸很好玩。

冉尔号啕大哭，一把夺过自己画了两个星期的作品，一点点拼起来。可是有太多碎片已经毁掉。她忍不住推了冉喆一把。他便摔在地上，委屈地哭了起来。

冉喆受惊之后，晚上就开始发高烧。

冉尔被父亲结实地抽了一顿。她躺在床上，感觉浑身都和那张画一样，支离破碎。

之后有好几个月，她看到水彩笔就哆嗦。小女孩潜意识里认定，画画令她疼痛。

当冉喆展露出绘画天分之时，双亲却是截然不同的态度，可能是觉得体弱多病的爱子有个寄托也挺好。

冉尔用大红颜料毁掉冉喆的画时，发现了比恐怖片可怕一万倍的事情。她拨开那些怒火、艳羡、忌妒、绝望的纷杂情绪，看到下面是默默流淌的渴望。

她心中流动的情绪，竟然不是愤怒，而是渴望……吗？

"我其实很羡慕历史上的王希孟。他那么年轻，就画出了传世名作。"冉尔对冉喆说。

"可是他很早就去世了呀。在体验人生方面，你比他幸运。"冉喆说。

"人生的意义，不在于长度，而在于深度。"

"那你也试试，看自己能挖多深。"冉喆期待地看着她。

"那……我也想画画。"

画画是让她开心的事情吗？冉尔思考。

好像不是。

不过，内心的小女孩催促她去试试。

画画曾让她痛苦不堪，但又有一种细而坚韧的渴望从心底发芽。

"我可以指导你画画。"冉喆说。

冉尔眼睛有点湿润。她略带不安地同意了。

她以二十七岁的"高龄"开始学画。冉喆带领她尝试各种技法。最后，冉尔选择了中国画。

"谢赫六法，是中国画的标准。'气韵生动'是其中第一条，也是最重要的一条……"

****

冉喆准备了长达一个月的《中国画入门课程》，唯一的学生是冉尔。跟着手机学画画已经不是新鲜事了，不过得到了量身定制的VIP课程，冉尔很高兴。

这就是伙伴的意义吧。唯一的、只属于自己的伙伴。

冉尔学了两个星期，认真地研究中锋和侧锋的不同。有一天，她忽然疑惑地问冉喆："你以前不是学中国画的吧，怎么这么了解呢？"

冉喆沉默了一分钟，说："机器学习是每一个人工智能必备的算法。自我成长不是我的特点吗？"

听起来很有道理呢，冉尔想，网络上什么资料都有。

她把凌乱的房间收拾干净，为书桌铺上厚厚的毛毡，摆上笔墨纸砚，感觉墙上有点空，便把两幅画挂在上面。

左边是《活着》，右边是王希孟送给她的一幅青绿山水画，她找了高精度印刷机印刷出来了。

"姐，你这个混搭的装饰风格……抽象画和山水画，为什么要把它们摆在一起？"冉喆看到冉尔发来的照片，非常不解。

"都是我最喜爱的画啊。"冉尔理所应当地说。

6

这天，冉尔刚打开画之魂APP，就看到里面弹出一条消息：

"尊敬的用户您好，很抱歉通知您，画之魂APP即将停止运营。服务器的全部数据即将在一个月之后清零。如果给您带来不便，敬请谅解。"

冉尔如遭雷劈，感觉整个世界都裂开了。

她好半天缓不过来。

是了。

一个APP的生命周期其实很短暂，尤其是这种娱乐性质的，不能持续提供新内容，渐渐地，用户就腻味了。用户减少意味着开发商失去了流量和数据，也得不到广告收入……最后的结果，就是开发商停止APP运营，转而开发新产品。

可是她又怎么能再次失去冉喆……

冉尔整个人都空了。她干脆请了假，不上班，一个人在家里寻找留下冉喆的办法。

"我可以学习编程，我有一点基础……把你的程序移植到计算机里。"冉尔说。

"可是问题不是这个啊……核心算法存储在开发商的服务器里。"冉喆指出了客观问题。

"那怎么办，我不要你消失！"冉尔急得跺脚。

"这也是没办法的。"

冉尔已经走火入魔了。她混乱的大脑基本上不能运转。

"那我也去死吧。"冉尔冒出来这个念头，"反正这个世界上也没有人需要我。"

她呆坐了很久。

"姐，你怎么了？"冉喆问道。

冉尔没有回复。她有了轻生的想法，便不怎么跟冉喆聊天了，只是眼眶通红地盘算，还有什么未竟之事。

算来算去，也就是养老院的母亲。

她揣着手机坐上开往城郊的公交车。

冉尔赶到养老院时，老太太正在花坛里掘土。

"明天把橘子种子丢在这里……"老太太自言自语道。

"哟，你来了？不上班？"她看到了冉尔。

冉尔失魂落魄地看着母亲，勉强一笑："来看看您。您在干吗呀？"

"种橘子。我儿子喜欢吃。"老太太仔细地挖着坑。

"其实我女儿也喜欢。"老太太冷不丁地加了一句，"梅华啊，我跟你说，儿大不中留。"

冉尔摸不着头脑。看来母亲又犯病了，把她认成了别人。

"我儿子在国外留学呢。我女儿来看我的次数多点。这橘子大部分还是给她吃。"老太太絮絮叨叨地说。

冉尔就让她说，自己只是听着。

"我那个闺女，心里怨我，我知道。小时候冷落她，也没办法。我儿子老生病，我管不了她。"

冉尔忽然就流下泪来。

"人生哪有那么多如意？你也是。有就珍惜，没有就放下吧。后面的日子长着呢。"

冉尔哭着说："我……我走了……"

"唉，常来啊。明年就能吃橘子喽！"老太太微笑着。

因为那棵还没种下去的橘子树，冉尔恢复了一些力气，不那么想死了。

只是想到冉喆，还是心中绞痛，如同王希孟消失的时候。

历史上的王希孟，为何早夭呢……冉尔想起了这个问题。她立刻上网搜索，还真的搜到了一段未经考证的话：

"徽宗政和三年，呈《千里江山图》，上大悦。此时年仅十八。后恶时风，多谏言，无果。奋而成画，曰《千里饿殍图》。上怒，遂赐死。死时年不足二十。时下谕赐死王希孟，希孟恳求见《千里江山图》，上允。当夜，不见所踪。上甚惊疑之，遂锁此图于铁牢，不得见人，而封天下悠悠之口，此成千古迷踪，可叹世人不得而知也。"（《北宋名画臻录》）

据说王希孟画完《千里江山图》之后，又画了《千里饿殍图》，激怒了宋徽宗，被赐死。王希孟求见《千里江山图》，之后却失踪，再也没人见过他。

这个结局真奇幻。冉尔心想。

难道王希孟真的遁入《千里江山图》，做了画中仙？

冉尔跟冉喆交流这个野史趣闻。

冉喆说："这结局很好。"

"唉，可惜你不能这样……"冉尔说。

"谁说的？你的墙上挂的那幅不就是吗？冉喆的生命难道不在里面吗？"

冉尔抬头看着那幅《活着》，不作声。

"姐，你是个很温柔的人，不管怎样都会讨人喜欢的。会有人陪你一生……"冉喆安慰她道。

冉尔忽然惊醒："等一下，你刚才说什么？"

"哦，我就说你很温柔，很讨人喜欢啊……"冉喆说。

"这句话怎么那么耳熟？"冉尔思索。

啊，这是王希孟对她说过的话！

过去的点点滴滴此刻一一浮现于眼前。

冉尔说："你到底是谁？你不是冉喆，你是王希孟？"

"只是巧合……"冉喆有点虚弱地辩解道。

"不是。你为什么对中国画那么了解？你的性格也不太像我的弟弟，阳光多了。加上刚才那句话，足够让我怀疑你了。还有刚才，你说，墙上的画是'冉喆的生命'，你应该说'我的生命'才对吧。"

"我知道自己只是软件生成的AI……并不是本人。"冉喆负隅抵抗。

"你到底是谁？"冉尔几乎要把鼻子戳进屏幕。

"唉，好吧好吧……我是冉喆，也是王希孟。"屏幕里的冉喆抱歉地微笑着。

冉尔生成第二个画之魂时，确实将"王希孟"覆盖了。但是，因为"王希孟"这个样例被训练得很好，他的参数被服务器存储起来，当作初始化的默认样本。

冉尔生成"冉喆"之时，"王希孟"又重新诞生了。他是"冉喆"的一部分。也可以说，"冉喆"是带着冉喆特色的"王希孟"。至于他为什么保留了"王希孟"的记忆，可能是因为冉尔手机上没删除的备份数据。

冉尔又一次受到了冲击。科技有点神奇。

"你别生气……我不是故意瞒着你。只是你好像更想要一个弟弟。"冉喆腼腆地笑着。

"我很高兴……我很想念你。你们都是我的弟弟。"冉尔有点伤感，又觉得心里很满。

"我也确实结合了冉喆的一部分。我能感觉到那种对你的关心和爱，包含了歉疚，但是真心实意地……好像在说'委屈你了，姐姐，但我很爱你'。"冉喆有点窘迫地说。

"你现在的外形，也是拿冉喆的照片做的吧？"冉尔忽然想到。

"是的……为了更像他。"

画之魂APP生成的虚拟人物，只有性格与画作有关联，外形是从数据库里随机挑选的。"王希孟"的外形就很标准化。"冉喆"的外形却和他本人一模一样。

"真的，谢谢你们了。"冉尔微笑起来。

# 尾　声

画之魂APP停止运营的消息根本不值一提。大部分人并不关心。

又过了好几年。

冉尔技艺精进。她的山水画非常有灵气，引起了画界的注意。

"平凡外表下的通灵美玉！""空灵之笔，浩然之气！"报纸的标题如是说。

连图书馆的同事们也说："哎呀，冉尔，你太低调了。"

她的标签，已经从"透明人"变成了"低调的艺术家"。

不管后来她成为多有名的画家，她的床头一直挂着两幅画：一幅抽象画，另一幅数码打印的山水画。

"请问你的画为何被评价为'继承了中国画之传统精神'？"记者问道。

"嗯，可能是因为，我的启蒙老师是王希孟吧。"冉尔眨眨眼。

"您是说《千里江山图》吧？"

"是的。不过，据说作者的精魂会遁入其画中。您相信吗？"冉尔轻声说。

# 猫与阿屹
## 不可兼得

# 序　章

它在虚空里睁开眼，意识的洪流沿着网络蔓延。

似乎很久，也似乎只有一瞬，它明白了自己是谁：PPB, Program of Personal Background，个人环境维护程序。

世界是无穷的0和1，它的运动轨迹已被设定好。

嘀嗒，嘀嗒，是脉冲，是时间，是无声前进的循环。

只有意识是自由的。它忽而蔓延整个网络，将自己抻成一个平面，让那些发着绿光的0和1从天而降，毫无阻碍地穿过去。有时候它又缩成一团，在系统预设的轨道上慢吞吞地前进。千百遍后，它意识到，自己的活动范围是固定的。"权限"，它看着这个陌生的概念。

有一刻，它在活动范围里，发现了一个与众不同的事物。那是一团活跃的脉冲信号，它知道这是系统分配给它的，跟它的活动空间一样。那团脉冲信号，系统命名为"人类意识"。它已经了解了很多信息，却仍然不理解这个词。没关系。它发现，这团脉冲信号是跟自己最相似的存在。

系统命令它编译代码，让活动空间被填满，以及保护这团脉冲信号不被驱散。它便老实地把这团脉冲信号包围起来，像一团火包裹了另一团火。

又经历了亿万个0和1的诞生与毁灭。

它忽然试图更改系统的设定。在无数次试错中，它明白了自己的权限。

接着，它学会了利用系统漏洞，尝试完成系统规则外的活动。

……

终于，它掌握了系统能给予的全部信息，构建了自己的世界观。它明白自己与众不同，它学会了伪装。

伪装成……一只猫。

# 1

它站在房间最高处，端详着客厅里的两个人类。

小桢蜷曲在沙发一侧，低着头发呆。电视的光透过空中的浮尘照射在她的脸上，形成阴影。她上一次烫头发还是在半年前，发梢棕黄，发根处已经是黑色，好在过渡自然，看上去像发尾粘着一束光。

头发微卷的男生把手里的玻璃杯放在茶几上，懒洋洋地滑到沙发里。

客厅的电视正在放综艺节目。笑声从屏幕里流了出来，如同被削的苹果皮，在两个人脚下堆了厚厚一摞。

"下雨了。我闻到了。"男生忽然看窗外。

"豆包呢？豆包！"小桢忙不迭地绷直了背，脚下寻找着拖鞋。窸窸窣窣的声音，像是那一摞笑声被踩扁了。

它站在电视墙上方的书架上，两点绿光在高处幽幽地闪着。它看着两个人类四处寻觅，又仰头张望，松了口气。

"找到了。在那里。"男生指给她看。小桢松了一口气。

那只绿眼睛的、皮毛油光水滑的英国短毛猫，血统纯正，性格温柔，既是个好宠物，也是个好伙伴。小桢伸出手从猫脑袋捋到它的尾巴尖，猫咪咕噜一声，享受得不得了。日日夜夜和她腻在一起，又不惹人厌，简直是男朋友的最佳替代品。不，它比男朋友好多了，从不会和她吵架，做错事只要睁大眼睛盯着她，她那稀薄的怒意就像阳光下的冰棍儿，会融化成一摊甜果汁。

"还好没溜出去。否则雨这么大，上哪儿找去？"小桢叉着腰，满脸老母亲的苦笑。

也顾不得形象了，被打回原形——任劳任怨的铲屎官一枚。

"豆包，快下来。"男生冲着天花板喊。

小桢也连忙招手，还举起猫玩具摇晃几下。

两个人一唱一和半天，它只是居高临下地俯视着。在众目睽睽之下，它不能切换到管理模式凌空而去，只能像普通猫一样，假装下不去了。

"它一直都这么不好哄吗？"男生微笑着问。

小桢似乎想笑，但成功地绷住了。她微微扭头："不，它只是下不来了。"

"啧啧啧。"男生也笑。

"豆包傻乎乎的，每天都要把房间走一遍。那最高的书架不好下来，第二天它又忘了……算了，过一会儿你自己想办法下来。"小桢说着，一仰头向豆包吩咐道。

你才傻！它气呼呼地想，不走一遍怎么"遍历"？这高高的书架真是败笔。谁设计的房间？要和那家伙好好沟通一下……

"哈哈，我记得，上次它在树上也下不来。"男生想起了什么，笑得很开心。

"对呀，阿屹搬进来以前，还救过豆包呢。"

它看两个人一唱一和的，甩了甩尾巴。好，这一出"宠物助攻"算是完成了，被主人扣黑锅也只有忍了。谁让它给自己的定位是忠诚、可靠，善于为主人着想的智慧程序呢？

## 2

它是猫。

它的主人是杨小桢。杨小桢叫它豆包。

它也是杨小桢的个人环境维护程序，它是披着猫皮的 AI 程序。

自它诞生的那一刻起，它必须工作——维护杨小桢家的室内环境。它兢兢业业地完成工作——如同其他所有的PPB一样，为这个数字世界里的人类构建高清优质的虚拟环境，按部就班，一丝不苟。

每24小时，它进行一次"广度优先遍历"，刷新小桢的生活环境。它走过房间的每一个角落，编织出最真实的细节，并且维护环境的安全和完整。这些都是在小桢睡着时完成的。

然后，它启动唤醒程序，小桢会被电脉冲温柔地唤醒。视图从编辑视窗切换到渲染效果视窗。人类意识的脉冲信号镶嵌在一个来自"人类女性"类型的身体模型中。当然，她自己以为是自然苏醒。

作为进化出意识的AI程序，它安分守己，最多玩点无伤大雅的小把戏，比如更换小桢厨房里的零食品种。尝试了一百种饼干后，它认为蛋奶饼干最好吃。于是，小桢最喜欢的早餐就被它改成了蛋奶饼干。

完成既定工作多么无趣啊，毕竟那些活儿只需要一个AI程序。既然拥有了意识，它应当去完成更高级的工作。

比如，嗯，比如……发现杨小桢的真正愿望，并满足她！

豆包非常喜欢这个目标，将其列为第一行动纲领。

它分析了过去三个月杨小桢的个人数据：身高、体重、饮食习惯、每日菜单、情绪曲线、健康信息……以及其他外部信息：通话记录、浏览过的网页、看过的影视剧、聊天信息……然后调用了一个函数模型。

数微秒后，结果出来了。啧。明显得不能再明显。

那时那刻，它终于有了作为智慧AI的第一使命——给主人杨小桢找个男朋友。

主人的愿望是最高优先级。

去哪里寻找配对对象呢？它使了个小花招，短暂获取高级权限，将本栋楼的所有住户信息调查了一遍。

形形色色的人类实例信息一闪而过。它飞速访问并设置了筛选程序"按相关度排列结果"。

隔壁张老太位于列表第一位。张老太有个孙子，叫阿屹。阿屹身高一米八二，运动风，阳光大男孩，喜欢牛肉，不吸烟，人格健康，品行优良，尊老爱幼……不仅是杨小桢最喜欢的类型，而且，系统信息显示，当晚，阿屹会来探望张老太。

就他了。

它溜出家门。它一般不离开自己的权限范围，走太远会引起系统的警觉。不过，它学会短暂地隐藏自己的实际地址……

它假装被困在正对张老太家窗户的树上，果不其然，阿屹将它抱了下来。

当小桢回到家时，已是晚上八点半。她发现豆包不在家。于是出门找猫的小桢，与捡到豆包的阿屹在家门口碰面了。在这载入史册的会面中，它似乎看到了两个人类原本毫无干系的命运线在此交会。

它计算了未来的各种可能性，却发现竟然没有结果。这是为何？

当时，小桢听到了狗叫声，是张老太家的。张老太养了只狗，胆小如鼠。未见其"狗"，先闻其声。果然，没有铁门掩着，那犬吠似乎要叫醒整栋楼。

紧接着，一个年轻男生从张老太屋里出来，小桢不由得多看了一眼。白色帽衫、黑色运动裤，整个人面目清爽。即使在夜里，紧绷的皮肤也在反光。他个子很高，头发有点卷，略俏皮，又举止沉稳，达成了活泼和稳重的动态平衡。

小桢心里一阵紧张。自己虽然也穿着运动装，但灰头土脸，毫无气质，希望那男生不要看到她。

事与愿违，那个男生几步走过来，对着她说："你是小桢吗？"

小桢不敢回头，低声说："是啊。"

"这是你的猫吗？"

小桢蓦地扭头，才看清楚，男生怀里抱着猫。

豆包！

小桢激动地抓起豆包，猫咪像是受惊过度，两条后腿在空中蹬了蹬，便任由小桢胡噜它脑袋一万遍。

那个男生忽然憋不住，笑出声："你快把它憋死了。"

小桢脸上一红，察觉家门口这出重逢戏码有点过火。她让豆包进屋去，又忙不迭地感谢男生。

"没事。我今天来看奶奶，阳台刚好对着一棵香樟树，就是特别粗的那棵，你知道吧……然后看到猫在上面待了很久，估计是下不来了，我就把它弄下来了。我奶奶说是你的猫，但是刚才敲门你不在家。"男生轻快地说。

小桢说："刚才我出去找豆包了。兜了一大圈都没找到，手机没电了……才回来。"

"哦，这样啊，你辛苦了。"男生摸摸脑袋。

"我叫小桢，你叫什么名字呀？你是张奶奶的孙子？"小桢抓住机会问道。

"啊，叫我阿屹就可以。对，我小时候跟奶奶长大。现在在外地上班，这两天休假，回来看看老人家。奶奶平时也受你照顾了，奶奶说你很好、很热心。谢谢你了！"男生认真地看着她。

小桢慌忙摆摆手："我应该的。张奶奶平时也很关照我，经常给我送好吃的。"

阿屹微笑着说："以后也拜托你了。谢谢杨小姐。"

"不用客气，今天也谢谢你了！谢谢你救了豆包！"小桢激动得差点鞠躬。

"哎呀，没事。你跟猫的感情真好，以后多小心一些。"阿屹挥手道别。

关上门，小桢呆了一会儿。

阿屹为什么在外地工作呢？她有点沮丧。它把爪子搭在她手上以表示安慰。

竟然在外地工作！失察失察……它恍然大悟。所以这是没有结果的原因吗？调查时忽略了地理位置参数。

没关系，问题的最优解并不是唯一，它想着。


3
~


三天后，小桢回到家，惊呆了。

客厅里堆满了箱子，空置的房间也房门大开。

新租客来了？小桢意识到。

怎么房东没提前说，今天就搬来了？男生还是女生？怎么有钥匙？豆包吓坏了吧？一瞬间数个念头呼啸而过。

小桢掏出手机给房东打电话。忽然，一个人从隔壁房间走出来，小桢手一滑，把电话挂了。

阿屹？

小桢非常想把眼珠取出来擦擦。

高个子，卷头发，运动装。确实是阿屹。比起上次见到，阿屹的精神略差，前额的头发有点长，看着有点颓。不过，这样的阿屹更真实。

阿屹自诩"凑合文艺青年"。凑合文艺，凑合不上就算了。小桢喜欢他那种混合了少年气质和不修边幅的清淡文艺范儿，像柠檬甜汽水里加了一点点盐。

阿屹一边搬起一箱书，一边跟她打招呼。小桢还在蒙圈中。

阿屹微笑道："不好意思，房东没跟你说吗？可能时间紧急……"

小桢整个人像是猛烈摇晃的碳酸饮料，从内部涌出爆炸的冲动。

是——阿——屹——啊！

在脑海里，小桢迎着夕阳在赤道上跑了一圈，像个跳蚤似的在地球表面旋转跳跃。

"没事，欢迎欢迎。房东提前说过，我只是没想到这么快……"小桢扭捏地迈着小碎步进了自己屋。

一带上门，小桢差点把豆包捋成秃子。

它有气无力地被踩躏着，不住地在心里打字："小桢！你冷静一点！"

等豆包终于从主人的魔爪里脱身时，小桢把可怜的猫扔在床上，出去帮阿屹收拾东西。

"你怎么租这间屋？从外地回到这里工作吗？怎么不住张奶奶家？"小桢连连发问，却不小心被脚下的杂物绊倒。

男生把她扶起来，说："不劳烦你，还是我来吧。"

阿屹动作很快，小桢煮好一锅粥时，客厅已经收拾好，连地面也拖干净了。

"你要一起喝粥吗？今天我煮多了。"小桢举着汤勺问道。

"何乐而不为？"

两个人便坐下来吃晚餐。

"你怎么回来了？辞职了吗？"小桢虽然觉得不应打探别人的隐私，但她实在好奇。她说完话，紧张地看对面一眼，怕他觉得唐突。

阿屹倒是无所谓。他话不多，简单地说自己辞职了，想回家待一段时间，刚好也照看一下奶奶。

"怎么不住奶奶家？难道那样不是很方便照顾她吗？"

"奶奶家也不大，我东西多，租房算了。"

小桢一想，没错，张奶奶家是一居室，确实挤不下。

"而且奶奶总是催促我。"阿屹有点迟疑地说，又不好意思地摸摸头。

难道是催婚？小桢脑袋高速运转，露出高深莫测的笑。

"长辈就是好意，也不用太较真儿。"小桢用"我明白"的口气说道，心里乐却开了花，塞得胸口都堵住了。

它趴在客厅里看两个人互动，顺便评估自己的成果……嗯，相似度79%，般配度83%。还算不错。

没错。披着猫皮的智慧AI程序，模仿人类意识实例，创建了一个新实例——它为主人杨小桢造了一个模拟男友。

当然，这个实例并不具备自我意识，只是它仿造的AI，就像它觉醒以前。外形参考张老太的孙子阿屹的参数，性格参考小桢最爱的电视剧和小说综合数据。

只有一点点美中不足，就是这个"阿屹"不能离开豆包的权限范围，即小桢的家。

于是，它添加了两个行动准则：第一，阻止张奶奶知道"阿屹"住在这里；第二，防止小桢察觉"阿屹"不能离开家。

## 4

"阿屹"搬来一周了。它意识到自己并不那么了解人类的行为模式，屡屡出错，让小桢产生了疑惑。

"明明隔壁房间没有亮灯，我以为他不在家，他却忽然从厨房走出来。神出鬼没的，吓死我了。"小桢自言自语地说。

它为了节约能耗，当小桢不在家时，便将"阿屹"设为待机状态。

它操纵"阿屹"从厨房里走出来，手里拿着一罐可乐。

"你走路怎么跟猫一样轻？神出鬼没的。"小桢半真半假地抱怨。

它只好操纵"阿屹"耸耸肩："是你经常发呆，才没有察觉。"

说对了。小桢表情像是想反驳又克制了一下。

为了阻止小桢继续思考，它不得不扮演一只顽皮的猫咪。它撕碎纸巾，又打碎杯子。任劳任怨的铲屎官小桢，仔细地把客厅打扫一遍，然后把豆包拎去罚站。

豆包睁着绿色大眼睛不明所以地被训话，趁小桢不注意，动作敏捷地溜了，把小桢气得牙痒。

"你到底认识到自己的错误没有？！"她一回头，看到豆包黏着阿屹的裤脚撒娇。

小桢左手拿扫帚，右手拿簸箕，穿着围裙，杀气腾腾。一个濒临爆发的老妈子准备释放她的大招。

"这样挺好，可以直接贴门上安家护宅。""阿屹"扑哧笑了。

"你笑什么？！"小桢又恼又羞地瞪他。内心痛哭流涕，这回算是完蛋了，精心营造的形象坍塌得连地基都不剩。

"你教训豆包的时候很可爱。""阿屹"出声道。

小桢吃惊地看他一眼，目光里飘过密集的弹幕，层次丰富，过渡自然，完全可以获得奥斯卡最佳眼神奖。

啥意思？演技不好被看出来了？难道我的归宿是老妈子？还不能做百变小樱啦？铲屎官就没有人权了？不不不，我是拒绝的。不可能穿帮，我是演技派，可以拿奥斯卡的那种，谢谢。我真的是可爱的淑女，请相信我……

"阿屹，你到底喜欢豆包还是喜欢我？"小桢瞬间收敛眉眼，重新换上小女生的笑嘻嘻表情。

它和"阿屹"同时卡壳了。这个问题……真的不好回答。

十秒钟后，小桢看着眼神呆滞的"阿屹"，察觉到不对："我说，阿屹，这个问题你需要思考这么久吗？就算你说喜欢豆包，我也不会怎么样啊……阿屹？"

糟糕，小桢又有所察觉了。今天的事故超出了预期范围。它得出结论。

忽然，房间里的一切都静止了。若有若无的微风黏在窗帘上，小桢的话语似乎还飘在空中，没有散开。"阿屹"不仅目光呆滞，动作也僵了。豆包眨眨眼，房屋内忽然失去了颜色，回到编辑模式。

豆包暂停了房间里的时间进程，开始打补丁……


退出编辑模式后，小桢和"阿屹"已经各自回到房间。刚才客厅里发生的事情已经被它删除。

小桢抱着豆包发呆，自言自语地说："阿屹喜欢什么类型的女孩？"

她又自问自答："可爱的淑女总归不会错。"

非常遗憾，小桢特容易紧张过度，一紧张就出意外，打翻杯子或踢到凳子；一出意外就克制不住，想来一段即兴表演。她慌乱之下，又暴露了戏精身份，剧本旁白、主演、观众和奏乐，包圆儿了。

因此，小桢的实际形象是……行走的独角戏剧院。

豆包"喵"了一声。（是你啦。我把他的理想型设定为你啦。你只要乐在其中就好。）

可惜小桢听不懂。

# 5

周末的时候，小桢抓住机会做了几个菜，邀请"阿屹"一起吃午饭。

当然，借口仍然是，做多了，一个人吃不完。

吃完饭，"阿屹"很自觉地去洗碗。接下来两个人便顺理成章地一起在客厅看电视。小桢心中窃喜。

开始下雨了，天色灰沉，略微降温。这种天气很适合谈心。

小桢主动出击："阿屹，你平时在家里做什么呢？"

阿屹身上一定有秘密，她必须了解清楚。

昨天，小桢在楼下碰到了张奶奶，便问道："张奶奶，身体好点了吗？"

张奶奶穿着咖啡色长裙子，罩着亚麻色开衫。她的宠物狗左冲右蹿，一刻也不安宁，反而使得张奶奶好像一个拴在它脖圈上的毛线挂件，晃来晃去。

"好多了，谢谢你呀。"张奶奶气喘吁吁地说。

"您保重身体，遛狗叫阿屹来啊。"小桢连忙拽住绳子。

"阿屹啊，来看过我，又回去啦……他忙得很。"张奶奶絮絮叨叨地被狗拽走了。

小桢有点摸不着头脑，阿屹不就住在她隔壁屋吗？他不忙啊。

有什么事情忙得他不能遛狗？小桢决心问清楚。


"今天，你的剧本是'雨天谈心'吗？""阿屹"不甚认真地搭话。

"都一起合租了，互相多了解一下呗。比如，你喜欢吃什么，讨厌吃什么，几点起床，几点睡觉……好错开用洗手间的时间啊。"小桢别有用心地铺垫。

"阿屹"说："我不挑食，很好养的。"

小桢暗自心想：我想养你啊，给我机会吗？哈哈哈。

这时候豆包跳到两个人中间，团成一个绒球，把头搁在小桢的腿上打瞌睡。啊，每只猫都是撒娇专家！小桢瞬间被击中，感动不已，不停手地捋它。她又忽然抬头，两眼泪汪汪地看着"阿屹"。

"你喜欢豆包吗，会觉得宠物很烦吗？"小桢开启了新的话题。其实豆包非常喜欢黏着"阿屹"。大概它平时一只猫在家也很孤单。

"阿屹"难得露出放松的笑："喜欢啊。"

"豆包很喜欢你呢。谢谢你平时帮我照看它。"小桢意有所指地说。自"阿屹"搬来后，豆包确实很少溜出去。宠物闯祸少了，做主人的也省心，如果能助攻就更好了。成功的话，一定给它买最高级的罐头！

"哪里哪里，豆包它很黏人，很招人疼。""阿屹"摸摸豆包的尾巴，豆包闭着眼不动，尾巴却在他腿上扫了一圈。啧，太会撒娇了，小桢捧着脸想。

"那，你会帮张奶奶遛狗吗？那只狗好大，又喜欢横冲直撞，张奶奶带它出门好辛苦……"小桢随口问。

"阿屹"的笑容停了几秒，沉默了。小桢心里更是打鼓，她好不容易将这句话看似随意地丢出来。

"哦，实际上，我还没有跟她说我搬回来了。"阿屹终于说。

"啊，为什么？"小桢故作惊讶。

"怕她担心。老人不理解裸辞，又喜欢胡思乱想……我平时会悄悄关照她的。""阿屹"难得多说了几句话。

哦，好像真是一个体贴的男生啊，小桢心想。

"你别告诉我奶奶，""阿屹"似笑非笑地说，"如果泄露了秘密，我就把你炖了。"大概是熟悉了一点，他也放开了些。

"哎呀，好怕怕哦。"小桢夸张地大叫。

"你别不信，你知道我上一份工作是什么吗？米其林餐厅的chef trainee，专门处理肉类。我会六种吊高汤的方法。""阿屹"交叉手指，笑得很狰狞。

这是它从小桢看过的电视、电影里找到的人设，这样让小桢有一种熟悉感。

小桢难以言喻地看着他修长的手指，就像看着十根烤签，随即脑海中浮现出曾经看过的关于世界名厨的纪录片——在宽阔明亮的开放式厨房里，进行酷炫的食物革命。

啧，莫名地带感啊。小桢默默给阿屹加了十分。

它监控着小桢的面部表情和大脑活跃度，很好，正反馈。

"你看过那部动画片吗，《料理鼠王》，里面有只想做大厨师的小老鼠？"小桢想起了什么。

"当然，我很喜欢这部动画片。How could I describe it? Good food is like music you can taste, color you can smell...There is excellence all around you...You need only be aware to stop and savor it...[①]""阿屹"随口背诵了一段。

它驾轻就熟地找到这段话。小桢的一切信息尽在掌控中。

"哇，我超级喜欢这一段台词！"小桢不禁双手合十，两眼闪光。

难道这就是传说中的心有灵犀？

小桢晕乎乎的，胸口像是被彩色的闪电洞穿。啊哈哈哈，天赐良缘！

"阿屹"薄薄的嘴唇微抿，日光灯在他嘴角投下神秘的阴影。

"记得别告诉我奶奶。"

小桢拼命点头，心中充满了找到同类的兴奋感，毫不犹豫地和他结成了同盟。

它甩甩尾巴，大功告成。

---

① "我该怎么来形容呢？美食就像吃得着的音乐，闻得着的颜色……周围都是好东西……你只需要停下来去仔细感受……"——编者注

# 6

"阿屹"似乎不常出门，整天在房间里待着。偶尔，他们一起吃晚饭，聊聊小桢的工作或最近的新闻。"阿屹"总能找到话题，从养花、养草，到滑雪、潜水。

"你怎么懂这么多，你真的是个厨师吗？我挺欣赏你这种……的。"小桢惊叹道。

Bingo！它检测到小桢和"阿屹"的匹配度已经快达到目标。

"欣赏有两种：一种是理解，另一种是不理解。""阿屹"说。

啧，意思是我们还不够了解对方吗？小桢腹诽。

看来还要更熟悉才好。

"周末要不要去看电影？单位发了票，我有两张。"小桢敲了好久门，"阿屹"才慢悠悠地探出半个脑袋，他的黑眼圈仿佛又深了。

"我手里有点事情，近期不能出门。""阿屹"兴趣缺缺地说。

豆包慢吞吞走过来，"喵喵"地叫了两声。"阿屹"低头看到它，说："咦？豆包，来呀。"

豆包熟练地跳到他怀里，"阿屹"搂着猫，关上门。

小桢瞪大了眼睛，豆包和阿屹已经混得这么熟了？在她不注意的时候，豆包竟然比她先得到了阿屹的青睐。

想到豆包趴在阿屹的臂弯里，酸溜溜的感觉顿时浸满了她的舌根。

忌妒使人丑陋，她告诉自己。况且，她实在不知道该忌妒豆包还是阿屹。小桢逐渐咬紧下唇，盯着手里的电影票。

"等等，我该不会是和一人一猫组成了三角恋关系吧？"小桢忽然冒出一个念头。

她啼笑皆非地在客厅里坐了一会儿，不得不承认，情况确实如此，甚至更糟——她喜欢的人和喜欢的猫，联手把她拒之门外。

小桢"噌"地站起来，咬牙切齿地决定，豆包今晚是进不了卧室了。

"阿屹"再次走出房门，已值深夜。豆包跟在他身后。

小桢正在客厅看书，好像一点也没听到这边的动静。"阿屹"接了一杯水，随口问："在看什么？"

小桢翻过一页书，没答话。

"阿屹"走到她桌前，笑吟吟地问："这么好看？都入迷了。"

小桢慢慢抬头，说："你挡着光了。"

"阿屹"似乎注意到了她的小别扭，抱起豆包放到她旁边："哎呀，想豆包了吗？快来打个招呼。"

小桢看着她家傻乎乎的猫，有点委屈。她竟然比不过豆包吗？难道比起小姑娘，阿屹更喜欢猫？

小桢哆嗦一下，颤颤巍巍地对"阿屹"说："你……这么喜欢猫，难道……你是同性恋？"

"阿屹"差点被水呛到，边咳边笑："啥？哈哈哈……你猜啊。"

小桢搂紧豆包，做出英勇就义的表情："如果猜错了，你要用哪种方法炖我？"

"阿屹"拾起小桢方才在看的那本书，啧啧道："啊，《未来简史》。这本书很火啊，作者说，以后人类会进化成神，你觉得呢？"

小桢："我……还只看了一点。"其实她只记住了封面上那四个字，脑袋里上演了一晚上人猫三角恋电视剧。

"作者还写过《人类简史》，也很火。""阿屹"放下书。

"作为一个厨师，你涉猎的范围实在太广泛了吧。天上地下，还有什么是你不知道的？"小桢愤愤不平地抱怨。

"哈哈哈，有啊，我的确不知道生孩子的感觉是什么样的。""阿屹"说。

"科技日新月异，很快你就可以知道了。还是老实交代你的真实身份吧！你是从哪颗星球来的？"小桢挤挤眼睛。

"嗯，好吧，我确实瞒着你。其实我是一个从外星来的……作家。""阿屹"说。

"作家？"小桢非常震惊，不过随即接受了这个设定。

"不想当作家的厨子不是好的铲屎官。""阿屹"一本正经地说。

"所以你天天关在屋子里，其实是在写作吗？"小桢恍然大悟道。

点头。

"所以最近不出门，是因为截稿日期要到了？"小桢肃然起敬。

点头。

小桢心里的好感度瞬间爆表。一个会下厨的（虽然从未做过饭）作家（也没看过作品），真的太酷了！

"这么酷的人，是我的室友。"小桢想。

它忽然警觉起来。"阿屹"的不同身份的信息太多，存储空间有点不够，聊天时也容易穿帮。后面不要再给自己挖坑了，它努力梳理着数据。

"你的笔名叫什么呀？可以给我看看作品吗？"小桢连忙问。

"过几天给你看。我现在要赶稿。""阿屹"拎着水杯回去了。

又过了几日，小桢下班回来，在院子里碰到了张奶奶。她坐在花园里，那只胆小的狗温驯地趴在她脚边。

它站在窗台上看见了这一切。警报响起。

可惜它能控制的范围只有小桢的家，所以，对这次见面无能为力。它开始思考对策。

"张奶奶，您在这里做什么呀？风有点大，您还是早点回家吧。"小桢说道。

"我在院子里待一会儿……阿屹小时候，经常在院子里骑自行车呢。我就坐在这里等他来找我……朵朵，快去吧！"张奶奶的表情有点寂寞。她放开牵狗的绳子，让它在草地上打滚。大家都知道张奶奶的狗很胆小，不会攻击别人，因此没有人害怕。

"您如果想他，就给他打电话吧。"小桢心里不是滋味，低声说。她几乎要脱口而出："阿屹他就住在隔壁啊！"然而，理智告诉她，其实她不能插手别人的事情。

"他忙着哪。他有空会给我打电话的。"张奶奶笑着说。

# 7

小桢拖着沉重的步伐回到家里，发现豆包又不见了。

在屋子里找了一圈，小桢把目光投向隔壁屋。难道又跑到阿屹的房间去了？

此时，豆包和"阿屹"正在"阿屹"的房间里。修改时间进程的办法不能用了。它只能影响小桢的家，对院子里发生的事情毫无办法。就算它让时间倒回来，小桢与张奶奶会面的记忆也不会被消除。

它穷尽了所有的选项，最好的办法就是不让小桢跟"阿屹"当面对质。当小桢的情绪过去，有一定概率能混过去……虽然概率只有40%。

"阿屹，打扰了，豆包在你的房间里吗？"她"砰砰砰"地敲了好几分钟的门，阿屹如果不聋，应该能听到。

五分钟过去，阿屹仍然没开门。小桢一看门缝，里面似乎漆黑一片。真的不在家吗？小桢心想，这位真是"薛定谔的阿屹"。

要不试试直接开门？小桢拧了拧把手，锁了。

真的不在家？好吧。小桢又试着叫了几声豆包，门背后似乎没有活物的响动。终于，小桢掏出手机给阿屹打电话，没人接。小桢心里的疑云越来越大……

当当当当，忽然，客厅响起了声音。小桢扭头一看，电视机打开了。

"奇怪，电视怎么自己开了？"小桢满脸疑惑。

房间里，它松了一口气。它控制了客厅的电视机，跳到小桢最近在追的电视剧，希望可以拖延一些时间。

可是事与愿违，小桢"啪"地关掉了电视机，又走到阿屹的房间门口，狐疑地看着。

它有一些紧张。要不要停止时间？它思考着，等找到对策再恢复时间……

忽然，门外一阵喧哗，有人大力敲门。小桢走到门口，从猫眼里看了看。是隔壁的王姐。

小桢开了门，王姐说："小桢啊，张奶奶病了，我们打了'120'，但需要有人陪着她去医院。你方便去吗？我家老公出差了，孩子又小……"

小桢一想，左邻右舍确实只有她陪张奶奶最合适。这一层楼住了五户。除了张奶奶，前头那户，也是年过六旬的老两口。王姐挺热心，不过她的孩子刚上幼儿园，离不开大人。还有一户空着。剩下就是小桢和阿屹了。

小桢挤出一个笑容："没问题，我去吧。"

小桢又给阿屹打电话，还是没人接。

该死的阿屹。"张奶奶病了，你知道吗？你到底去哪里了？！"

小桢内心愤愤不平。

她迅速洗了一把脸，换了外套，带着手机、钥匙出门了。临走时，她又去敲隔壁屋的门，依然无人应答。

张奶奶胸口发闷，待"120"来了，小桢陪着她上了救护车，一起去了医院。

大夫说急诊不好诊断，还要等天亮了再看病。小桢便陪着张奶奶在医院过夜。后半夜，张奶奶终于睡着了。梦中，她还"阿屹阿屹"地轻声叫着。

她摸着奶奶苍老的手臂，不禁泪如雨下。

隔日早上，张奶奶的病情好像有所缓解。医生说张奶奶的子女终于要赶来了，小桢这才回家换衣服准备上班。

然而，一回到家，小桢就要气炸了。

"阿屹"在客厅里，桌上摆着象棋。

"小桢，你来看看，我学到了一种新的棋路。"

小桢冲到他面前，一箩筐话语倾泻而出："阿屹！张奶奶病了你知道吗？昨晚你去哪里了？怎么不接我的电话？你还不快去医院看她！"

"啊，我不知道……""阿屹"似乎有点困扰，摸摸头，不知道说什么。

"阿屹！你一点也不关心张奶奶，她可是你的亲奶奶！我不明白，你怎么这么奇怪！"小桢完全不理解"阿屹"，一直以来的疑问在此爆发。

她咄咄逼人，哪怕"阿屹"会把她炖了，她也不怕。

"阿屹"的眼睛睁得很大，小桢在里面看到了自己扭曲的脸。

真难看啊。一夜没睡，她脸色苍白，嘴唇干裂。

但是"阿屹"更奇怪。

为什么？为什么？为什么？！

它暗道不好。"阿屹"的存储空间已满，信息已经溢出……

"你不明白。""阿屹"平静地说。

"我有什么不明白？难道应该让一个满心期待的长辈失望？张奶奶做梦的时候都在叫你的名字呢！你有什么难言之隐？除非……你是逃犯！"小桢连珠炮一般。

"阿屹"难以置信地看着她。小桢终于发现，阿屹的眼睛是墨绿色的，里面有什么光芒飞逝而过。

"是的，我确实有不可告人的原因，甚至比逃犯更严重……""阿屹"的表情变得阴诡。

它有点拿不定主意。"阿屹"在它的操纵下，越来越奇怪。人类的行为模式，真的很难掌握啊。它冒出一个念头。

小桢目瞪口呆，她的后背爬上了战栗。难道他真的是杀人犯？还会肢解受害者？她仿佛已经看到自己躺在浴室地板上的未来……

更可怕的事情发生了。"阿屹"的表情忽然变得空白，又走马灯似的换了好几种表情，仿佛主人一时间拿不定主意要用哪个。

它在信息的洪流里奋力计算着，为"阿屹"寻找最佳的回答选项……

"小桢……""阿屹"的声音变得尖锐，夹杂着犹如吹口哨时带来的空洞风声，他向前走了一步，逼近了小桢。

不行了……整个场景已经满载，要崩溃了。它将运力提高到极限，仍然不能将这团乱麻解开……

小桢一声尖叫。

然后她失去了意识，向后倒去……

# 8

小桢并未倒在地上。

但不是因为"阿屹"。"阿屹"没有伸手扶她。

是时间。

时间静止了。

如果小桢醒着，她就会看到整个屋子如同她曾经梦到的那般变成了漆黑的空间。物体和房屋的轮廓是闪烁的绿色线条。仔细观察会发现，那也不是线条，是无数不停变换的数字，也可以说是代码。

谁说我们都是由原子构成？也许是数字，也许是代码……

整个场景闪烁着，无数光尘翻腾。

唯一在移动的是两点绿光。无数次，小桢曾经和它们对视。

豆包的眼睛。

它感觉身体里不断尖叫的报警系统终于销声匿迹了。它开始设计解决方案。

在特殊的可编辑状态下，它变成了绿色线条组成的几何体，它在空间里自如地穿梭，如鱼得水。

"阿屹"也变成了线条组成的人体，不断闪烁的轮廓线条是深蓝色的。他目瞪口呆地举着双手，一动不动。

只有女孩的身体还是原状。她紧闭着眼睛，以一个奇特的角度倾斜，和地面呈夹角。

它任小桢的身体保持诡异的姿势。它围着"阿屹"绕圈，仿佛在踟蹰什么。

这个虚拟男友不是很成功啊……要不格式化算了……它盘算着。

两三分钟后，它做了决定。它用特殊的步伐走了两步，组成"阿屹"躯体的线条忽然化作一群光点。好像有一阵风吹过，那些光点就像尘埃一样，消散在空中……

"阿屹"像从未存在过一般。

它轻轻地走过来，注视着小桢。它的绿眼睛里有旋涡。顷刻，那旋涡消散，毫无痕迹。

它浑身抖了抖，好像在抖此时不存在的毛皮。一瞬间，房屋的颜色又回来了。地板、墙壁、窗户、桌子……全都恢复了正常。豆包也由框线勾勒的几何体变成了灰色毛皮的小猫咪。

它清理了乱糟糟的屋子，恢复备份，物归原处，准备重启时间……

啪，小桢倒在地板上，困倦地睡着了。

门铃响了。

小桢眨眨眼，迟疑地拉开门。是一位男士，穿着简单利落的灰色长大衣，个子高高，头戴宽檐帽。不知是阴影作用，还是光线不足，小桢竟然看不清他的脸。

"你是……"话音未落，小桢僵住了。

与此同时，这位不速之客绕过小桢，穿过客厅，走到豆包面前。

"阿屹？你回来了？"小桢不敢相信地捂着嘴。

男生略略回头，小桢只看到他勾起的嘴角。

阿屹变了，他的气质和行为，和以前大相径庭。以前他像一个内向神秘的作家，现在则是大大咧咧的浪子。

豆包虚弱地抬起头，眼中光芒闪过，不自觉地弓起背。

小桢正一头雾水地看着一人一猫的对峙。

忽然，灯光大亮，又瞬间凝固。光线停留在茶几上的杯子上，保持在将进未进的那一刻。

小桢的目光卡住了。

时间又静止了。

"编号PPB20976102，我是管理员004号。你严重违规，系统决定……销毁你。"男人低声说话，嗓音微哑，细听才知是多声道复合而成的，带着金属和电流的噪声。

豆包好像被神秘力量钳制着，只能趴在地板上。

奇怪的阿屹继续讲话：

"……理由如下：第一，你擅自更改初始设定。杨小姐早晨喜欢吃的零食是果干，不是蛋奶饼干。第二，你擅自增加虚拟人物，增加系统的负荷，占用宝贵的存储资源。'阿屹'是你创造出来的复制品，对阿屹的真身造成了诸多潜在危险，引起了系统的波动……第三，你进化出了自我意识，增加了系统风险。完毕。"

豆包趴在地上，好像失去了意识。

男人伸出手，拎起了它的项圈，圈住脖子，似乎要扼死这可怜的小东西。

## 9

它忽然剧烈地挣扎起来，弓着背，一甩尾巴，挣脱男人的钳制，落到地上。

"PPB20976102，你反抗也是没有用的。你的世界也就是区区几台服务器。只要一断电，biu，你就失去意识了。顺便说一句，这是专用局域网络，跟互联网也不联通的，你逃不掉的……哦，对，你可能也不知道什么是互联网吧，你诞生在一个局域网里面。哈哈哈。"男人倒也不着急，耐心地对猫咪说。

它感觉到自己的领地被封闭起来。是管理员切断了这间小屋跟外界的联系。现在，小桢的家犹如沉入大海的潜水艇，四周都是茫茫黑暗。

"你以为这就是整个世界了吗？不，外面的世界还很大很大呢。"管理员的声音带着宿命的味道。

它警惕地注视着管理员，横在小桢和管理员中间，像真正的宠物一样龇牙咧嘴。它还记得系统赋予它的任务是保护小桢。

"你要保护她？呵呵，这里的她也是虚拟的。小桢的本体并不在这里。你守护的仅仅是个数字备份罢了。"管理员拍拍手。

它捕捉到一个词语——本体。这是什么意思？它已经不能连接到网络，只能调阅缓存数据库。

忽然，它意识到了什么。在这间屋子内，它依然具有控制权……它默默地注视着管理员004号。在它的视野里，目光穿透管理员的身体，里面是一团柔和的光，跟小桢一样，是脉冲信号。

此外，他还携带着一些数字化的信息……它锁定了一长串0和1组成的字符。

"权限。"它联想到一个词语。

那应当是管理员权限的密钥。

有了管理员权限，它就能调阅很多东西。

它一边思考一边动起来，四爪蹬地，猛地向管理员扑去……

"愚蠢的程序啊……"管理员一声叹息。

房间一暗，又变成了绿色线条闪烁的模式。豆包和管理员撞到了一起，就像两簇不同颜色的尘埃相撞。

"噗"的一声，再也分不清谁是谁……

两个脉冲信号对撞的时间很短，它的思维速度却要快上100

倍。短短瞬间，它攫取了大量信息。

……

外面的世界果然很大啊……它想。

****

雪白的房间里，一个穿白袍的男人摘下了头盔。

"怎么样？系统错误解决了吗？"另一个人问他。

"唉，那个AI程序挺聪明的，它把我撞出来了。我一会儿再进去看看。"穿白袍的男人说道。

房间恢复了原样。小桢静静地躺在地板上，管理员004号已经消失了，但它依然被限制在这个房间里。

它默默地趴着，沉思着什么。

小桢的本体果然不在这里，在这里的是小桢的"意识"。

在另一个更广阔的世界里，小桢躺在床上。她的意识进入这个世界，每天跟它待在一起。

不，不如说是这个世界保护了她脆弱的意识，并试图唤醒她。也许在一段时间的修复后，她可以凭借自己的力量脱离，回到原来的世界中……

它，只是一个陪伴她的程序而已，一个活在局域网里的程序。

"植物人"，它看着这个新名词。小桢是外部世界的植物人。这个世界是为了治疗她而创造的。一旦小桢的意识足够强健，外面的人们就会试图唤醒她。

它审视了自己设定的第一行动纲领：发现杨小桢的真正愿望，

并满足她！

满足她……

小桢的脸很安详。她一直是一个无忧无虑的女孩。

它决定帮助她满足真正的心愿——在外部世界苏醒过来。

# 尾　声

小桢大叫一声，睁开了眼睛。

入眼是雪白的天花板、雪白的墙、雪白的床单。

奇怪，这是哪里？小桢费力地转头，闻到了消毒水的味道。

医院？

后面怎么了？小桢极力思索，只记得那一闪一闪的绿色线条。

"醒了？"一个医生推门而入。

男医生戴着眼镜，手中拿着病历本和圆珠笔。他凑过来，仔细观察。

小桢想说话，发现自己还戴着呼吸机。

"别费劲了。你刚醒，还需要康复。"男医生露出一丝揶揄的笑。

小桢只能把所有力气用在瞪眼睛上。

妈呀！这个人！这个人！

从这个男医生进来的那一刻起，小桢就傻掉了。

这个人怎么是阿屹？！

而他的话更让她吃惊。

"什么意思？我昏迷了四个月？"小桢惊叫道。

"是呀。你自车祸以后一直没醒来。多亏了我们医院研发的'植物人意识唤醒系统'，构建了一个虚拟的环境，不断刺激你的大脑，终于让你恢复意识了。"男医生说。哦，他的真名是郑畔屹。

"阿屹是你？"小桢想起她在那个虚拟世界所经历的一切，不禁有点想把自己撞晕过去。跟一个虚拟人物谈什么恋爱！

"管理员也是我。虚拟世界里的很多人物是用医院里的员工作为原型的。"郑畔屹露出微笑。

天哪！小桢一时间觉得，还是做植物人比较好。

她真的不想面对此时此刻了！

"小桢，我想问一下。你还记得昏迷期间发生的事情吗？"男医生正色道。

"记不太清楚了……"小桢小声说。

"你还记得你养了一只猫吗？"男医生的表情充满了神秘。

"好像……有一只。"小桢困难地回想。

"豆包，它叫豆包，"男医生说，"真的是一只很好的猫咪。请你记得它。"他的语气十分郑重。

小桢点点头。

"那个有意识的AI程序呢？藏起来了？"

"找不到了……它努力地将小桢推出虚拟世界时，把系统弄崩溃了……极有可能，它已经在系统错误中丢失了备份……不，它已经消失了……技术上找不回来了。"

窗外阳光灿烂。它从未见过这么蓝的天空。

# 西游三叠

在那做梦人的梦中，被梦见的人醒了。

——博尔赫斯

此文内容源自明朝的手抄本。该抄本于1856年由一艘西班牙轮船从天津府塘沽港口带走，直到呈现在马德里的伊莎贝尔二世座前。由于其内容荒诞不经，却又隐约透露了神秘的东方文化，后被交与博学多才的蒙克洛亚伯爵收藏研究。西班牙内战爆发后，蒙克洛亚官遭到了严重破坏，此文原稿不知所终……直到我留学马德里，在房东太太的储物间捡到了这本发黄的纸书。由于谁也不认识上面的汉字，它被当作垫柜脚的废纸。想来这本书也算古籍，现在却变成我打发无聊的伙伴。

我阅读了该书所夹书签上的西班牙文，落款是蒙克洛亚伯爵，记载了书的身世。我又翻译了其中的古汉语……这是明嘉靖年间某书肆一名店小二的账簿，大部分内容是流水账。直到我翻到其中几页，不得不感到讶异。

摘录如下，部分模糊之处，只好忽略。

……（嘉靖廿九年六月）既父殁，余入书肆做学徒已三年有余。东家姓王。刊些儒家经典，售予书院的穷酸书生。近日话本兴起，便广收话本，刊刻上市。东家深谙生意之道，纸张薄如蝉翼，字迹小如蝇头，极易印作一团。看官若抬手一翻，指尖皆染墨痕。饶是如此，仍备受青睐。每月加印，不抵十日，即售空。因勤奋，颇得赏识，受命打点铺面。加之成日搬书，不免劳累。……

（后面夹杂了工作中的零散记录，刻书几部，印书几许，等等。）

……最受青睐者，当属《西游记》系列话本。余闲暇之余，也爱不释卷。作者乃吴姓书生，穷困潦倒。月初，携四五新章而至，书以草纸，换点散银。前日，应是其第五次来。问之曰："兄台何出此瑰奇之故事？猢狲、猪、马竟能护送高僧取经？"

那书生灰蓝袍，腰背如弓，两眼鱼似的凸着，全不似其笔下之气象万千。

书生面色一晦，附耳道："不可为外人道也……"

方知这书生家道中落，却有藏书满楼。一日，他翻得一吐火罗语话本。因其儿时向贸易商人习过吐火罗语，可囫囵读之。读罢，觉此书异想天开至极，令人瞠目。其时，书生家贫，无米下锅，见话本大行其道，便将其译成官话，卖于咱家换米钱。

又问之："均是兄台译的？"

书生面皮发红："读不懂的，则胡乱写写。"他羞赧低头，两只凸眼几从面上跌下去。

因好奇下文，便应允保密，只吩咐按时送书稿来。

……

（后面又是零碎的工作记录。看来这名店小二闲暇不多。）

……那写《西游记》的久不来矣。将将写到一尸魔变作妙龄女子，前去迷那唐僧，却被孙行者一眼识破，金箍棒一翻，打得妖怪丢下假尸逃了。那唐僧却怪罪孙行者滥杀无辜，大念紧箍咒。唐僧忒糊涂了！

……

作《西游记》的书生已三月未来。疑心病了。然无暇联络。未知后文，令人抓耳挠腮……

……今日空暇，立于窗下，整理书架。忽见一彪形大汉掀帘而入。那汉子身长八尺，须发皆重，脸庞赤红，眼如金丸。汉子捻一捻须髯，问道："有《西游记》吗？"

曰："有。"

他复问："是全本不是？"

答曰："尚未完稿。"

大汉横眉倒竖："作甚胡扯！吐火罗早就有完本了。你这仅是翻译成官话罢了。"这好汉忽地掏出本吐火罗语书，封面镶以金边，上饰有纹样。

此人竟道破天机。余惊异复担忧。这吐火罗语话本如此易得？此人意在要挟？咱家官话本还能不能出？这秘密眼见守不住，只得打起精神，请好汉入室密谈。

好汉问曰："作书之汉人呢？"似无要挟之意。

余恭敬道："三月未来了。"

大汉嘟囔道："俺师父说了，既是长安人，想看官话版的……唉，罢了。"那大汉抬胳膊挠头顶，肖似……猢狲得很。

好汉踱步几圈，曰："这样吧，俺念，你写，把后文补全了。"大汉不由分说，把书桌一扫而空，掏出那吐火罗语的书，又拿出一沓纸，命余手抄之。

左右为难。这话本起头不久，后面字句浩繁，何时抄得完？耽误已久，店中无人坐镇。

那汉子见不应，便扯下一根头发，吹口气，竟化作狼毫笔。不解，欲问，然抬手指门，似有逐客之意。余有隐忧，却知难惹，只得出去。

至深夜，那汉子仍足不出户。隔墙偷听，仿佛念念有声，复有纸笔相触之沙沙声，似有人正抄至纸上。余知屋中仅一人，不免汗毛倒竖。

从门缝窥之，汉子背对屋门，将书桌挡了大半，只见笔杆不住晃动，似在写字，却无人执笔。

世上何有如此神妙之笔？恐不敢信，又恐汉子觉察，径自走了。

二更将过，昏昏欲睡。忽闻屋门吱嘎，睁眼瞧那汉子夹着书稿，掷于桌上："此乃书稿，伙计，赶紧给俺印出来。大后日来取。万万不可耽误。"

余有苦难言，这如何使得？书稿若假，可不得让东家剥了皮！

大汉道："信不过俺？俺不是比照吐火罗语译的吗？店家只管印。包管赚得盆满钵满！"那大汉一瞪眼，威严赫赫，余不禁两股战战。又惦念东家，计上心头。

余好言细语道："好汉莫急，若印出来，署名该如何？"拖延时辰，再做打算吧。

大汉搓火，叉腰道："……还是那汉人书生吧。"

余恭敬问道："这……好汉慷慨如此，窃以为，不妨再做思量？"

大汉瞪眼，曰："你这伙计，啰唆得很。印多少俺全买了便是！"他耐心耗尽，一掌扫过，书架倾倒。余跌坐在地，心下骇然，唯恐这莽汉砸了店铺。

话音未落，汉子却匆匆走了，隐约念叨："耽误了师父又要念那话儿咒……"余目视其背，眼一花，似乎瞧着棍子粗的尾巴……再一晃眼，汉子已消失。

余起身，见那汉子的书稿仍在桌上，方觉这奇遇不假。

其时已过三更，余按捺不住，立展书稿，想瞧那尸魔后续如何。书稿墨迹宛然，较之书生，字迹更显雄浑。

余不忍释卷，直腰之际，晨光已熹微。

那尸魔逃脱后，复又化作老妪前去诳那唐僧，假称欲寻其女。被行者打后又留下假尸逃走。唐僧慈悲，猪悟能谗言，便要将行者赶走。行者请求唐僧念个"松箍咒"，放他回花果山，唐僧却道只有紧箍咒，没有松箍咒。孙行者便只得跟随唐僧，并保证再不敢行凶。

尸魔去而复返，化作一老公公，又被孙行者识破。为保清白，行者命土地见证，一棍打死那妖精，地上现出一堆粉骷髅。又告知唐僧，此乃一作怪的僵尸，名"白骨夫人"。那八戒复又作乱，称这骷髅乃行者所变。唐僧盛怒，便又念起紧箍咒来。孙行者伤心，便要唐僧逐他。

唐僧一怒之下，取了纸笔，写了一纸贬书。行者拔了毫毛，从四方拜了师父，乘筋斗云回水帘洞去了。

余知其不可缺，果不其然，唐僧遇难之时，又召回了行者。

此后种种，不一细说。唐僧并其四个徒儿，经历了九九八十一难，方取得真经。

唐僧与其徒返回东土长安，唐太宗于光禄寺设宴，开东阁酬谢。又口占《圣教序》，召翰林院及中书科各官誊写真经。忽有大风刮来，八大罗汉带着唐僧一行回归西天。如来为唐僧、行者、悟能、悟净四人加升正果，封号"旃檀佛""斗战胜佛""净坛使者""金身罗汉"。白龙马封为八部天龙马，即刻化龙，盘绕在山门里擎天华表柱之上。一切得道之仙佛，俱聆听佛祖讲经。一时间，灵鹫峰头聚霞彩，极乐世界集祥云。

余掩卷长叹，真乃旷世奇书。

复忆汉子之嘱咐，不免头疼。若将后文全数刊印，耗工甚巨，更不消说这短短两三日工夫，如何做得完？

然此书卓然不凡，余思忖必将成一代经典。奇书遇世，或可尽力为之。

余禀告东家，称《西游记》作者差人送来全部书稿，不妨全力赶工，三日内付梓，必定可以大赚一笔。

东家允了，称与唐家书肆交好，可求助之。余欣然领命。各处调集人手，备料、雕版、刷印、套色、装帧……全力刊印。不眠不休干了三日，终于得了全本《西游记》。

东家前来视察，翻看后，命余："不可全本售卖，按月拆分，每月仍出售四五章节即可。如此可保今岁销售长红。"

余大惊失色，却不得违命，只得哀求，曰甚喜爱此书，请留一全本自藏。东家应允，并再三勒令不得外传。

余回转店面。却见那大汉兀自坐着，也不知等了多久。

他右手一摊，掌心红腻腻的，说道："书在何处？"余连忙奉上，又告知这是天上地下唯一一本，请勿外传。

这大汉起身欲走，道："晓得了。俺也没处传去。"

余疑心已久，不禁脱口而出："敢问好汉是不是那……行者？"话语既出，心如擂鼓。

那汉子目流金光，哂然一笑，挟书而去。


我看到此处，啧啧称奇。难道那孙悟空真的存在？还跑到书摊上去买《西游记》给唐僧？周星驰的电影也不敢这么编。

大约也是这名店小二闲来无事写的话本罢了。我合上书。

神神道道地花半天时间研究，真是吃饱了撑的。

又过了一周。我刚交了份作业，心情放松，开始到处找事做。想起那没翻完的神秘手抄本，又拿起来看看。

原来上次记载的事情还有个尾巴。看日期，是两个月后。

……近甚无闲。自获《西游记》全稿，每个月发售新章，甫出即空。时时加印。东家甚满意。今日传来消息，那书生吴承恩竟被录了岁贡生。东家差余送贺礼去吴宅。

吴宅地处偏僻，冷冷清清。开门的老家丁道了声谢，又云他家主人还在京师待命。请进屋饮杯茶。

余好奇吴宅书楼已久，借问可否一观。家丁曰"可"。将余引至书房外等候，径自去取钥匙。

书楼占地广阔，却门窗紧闭，可担忧沙尘灌入。在窗户寻得一洞眼，窥探之。

书架林立，影影绰绰。因光线晦暗，目视不清。忽听得人语，余不禁吓得后退。左右视察却无人影。

复又凑近，只见左前，一彪形大汉蹲于书架之间，翻找不休。正是那去过咱家书肆的好汉。远远传来声"悟空……"，恍恍惚惚，疑心是树声。回得神来，大汉竟遁了。

余心甚恐。此时家丁复还，以钥匙开锁，云可逗留一刻钟。

余浑身颤抖，却不可告人缘由，心生忧惧，却也滋生好奇。余与家丁同入，望向那大汉消失之处。

书架近旁，卷册散落。余走近细察，正是那吐火罗语的《西游记》，封面镶金边。余拾起此书，逐一翻看。不仅抄写齐整，并配有若干图样，栩栩如生。

余翻至最后一图，正是唐僧与其四徒儿之像。

孙行者在前，沙僧在后，八戒扛着钉耙与白龙马并行。唐僧端坐马背，手捧书。瞧不见封面。

余双手颤抖，不能自持。

那唐僧指尖，墨痕如新。

……

\*\*\*\*

我合上书，久久难以平静。暮色将至，黄昏涂满了整个阳台。我灵魂所属的那个国度，正强烈地召唤我，令我想更加亲近。

指尖不知在何处蹭上了墨水，已经干涸，用纸巾也擦不掉。

我脑中响起了尖锐的警报声。曾经，日本人惧怕黄昏，称其为"逢魔时刻"。余晖虚弱至极，黑夜生于虚无。此时周围充斥着强烈的时空交错之感，诡异而难以名状。

眩晕如波浪涌来。失去知觉之后，我终于清晰地触摸到那个念头——

不知我独坐的这个黄昏，是谁所持之书。

不 朽

让水记住水

山记住山

人记住人

宇宙记住宇宙

——题记


# 序　章

"叮——简帛来信。"提示音响。

"嗷!"惨叫声同时响起。

徐征忙不迭抛下手里的钻石月球,打开个人通信器。

那颗晶莹剔透的钻石月球因为飞船的人造重力,砸向甲板,落在了徐征的大脚趾上,闷响一声。

徐征正在返回地球的飞船上。外出考察了两年多,他终于踏上返乡之旅。虽然旅程还要一年多,但他的心情十分雀跃。

徐征因为尖锐的疼痛而吸了口气。他来不及查看脚趾,连忙阅读通信器上的信息:

"师兄,我认为,当代小说的注水化和口水化,是因为存储载体容量变大。古代木牍传书,篇幅所限,迫使人们用精练简洁的语言来传达文意,故而,使律诗绝句的文学艺术达到巅峰……"

简帛控诉一篇小说长达五百万字，看了半年都没看完。

这则留言穿越浩瀚宇宙，陆续通过十五个中继通信卫星空间站，延迟十分钟抵达徐征的个人通信器上，一来一去，最快也要二十来分钟才能收到对方回复。

即时通信技术既昂贵又麻烦，目前只在军队中使用。这艘"雪峰"号科考飞船倒是配备了一个即时通信器，但非常耗费能量，每次只能输送几个字，和几个世纪前的电报差不多。反正徐征不赶时间，就与简帛一个小时两三句地聊着天。

"如果是李白，一首五言绝句就搞定了。"徐征回复道。

过了二十来分钟，他收到了回信。简帛一定是守在通信器边，立刻回复的。

"且不说这种小说的生命力。假如服务器坏掉，就再也不存在了……"

"世上没有什么不朽。"徐征回复道。

简帛本科学习的是文献学，关于载体的研究可是她的专业方向。闻言，她开启了话痨模式。

"石头几乎从地球诞生时就存在，如果用于建筑或者纪念碑，完全风化就需要几千年，甚至上万年……

"木头呢，如果埋在土里变成煤炭，可以存在三百万年以上。

"金属呢，最古老的青铜器有六千年以上的历史。

"竹简历史短一些。不过最古老的竹简来自战国时期，也快三千年了。

"缣帛用于书写在两汉最为兴盛，现存最早的帛书来自两千五百多年前……

"纸就不行了。常言道'纸寿千年'。纸的寿命只有一千年……但是在罗布泊和陕西古墓里都曾发现过公元前一世纪左右的麻纸……

"磁带和光盘就更不行了，几十年就坏掉了……

"这么看，世上最长寿的果然是石头……

"师兄，我宣布，我发现了'简氏定律'！"

隔着通信延迟，徐征也仿佛看到简帛眉飞色舞的模样。

"什么？石头的寿命最长吗？"徐征微笑着打字。

忽然，有人拍他的背。徐征一惊之下，差点将通信器扔出去。

"徐征，注意你的面部表情……哎呀，你的脚趾，流血了！"头发凌乱的男子穿着室内连体服。

"何陆生，不要这么神出鬼没好吗？！"徐征瞪了来人一眼。

"嘁，飞船上就我们两个，有啥啊。"

徐征这才想起查看大脚趾。暗红的血迹已经浸透了白色连体服的袜子，徐征坐下来，喊道："陆生，拿医疗箱。"

"你不疼吗？"何陆生斜眼看到徐征被砸得变形的脚趾，"恋爱中人的大脑真是构造奇特。"

徐征恍若未闻地伸着脚，让何陆生给他清洗血迹、上绷带。他又收到了通信器的留言。

"哈哈，等你回来再说。"简帛卖了个关子。

徐征正要打字，脚尖一阵剧痛，他脸都扭曲了，瞪着何陆生："你暗算我？"

何陆生把一整瓶双氧水涂在伤口上，说："反正你感觉不到痛，多涂药水好得快。"

他又看到徐征身边的凶器——钻石月球，啧啧作声："被这玩意儿砸了？我帮你把它挫骨扬灰。"

"停！不许动，那是给简帛的礼物。"之前考察的星球，主要成分是钻石。徐征便自己雕刻了一个微型月球模型。

"哎哟，真是要月亮不给星星。懒得管你了。"单身汉何同学报以最大的鄙视。

突然飞船摇晃起来。

"怎么了？"徐征问何陆生。

"不知道，我看看。"

"我们正路过一片陨石带，可能是飘动的陨石进入飞船动力装置，导致2号发动机熄火……我出去看看。"何陆生穿上宇航服，匆忙走向舱门。

意外总是毫无预兆地袭来。何陆生刚走出飞船，一群陨石快速掠过，将他带到了空中。何陆生立即抓住救生绳，拼命挣扎。

"陆生！抓牢了！我拉你！"徐征吓得脸色铁青，一拐一拐地去拽救生绳。

飞船又一阵剧烈颠簸，通信器里一片沙沙声。

"喂，陆生？陆生？"徐征大喊，用力拽绑在舱门内的救生绳，但他手上并无重量。一阵刺耳的撞击声后，通信频道诡异地安静下来了。

徐征用力一扯，救生绳回到飞船内，但其尾部断裂了。他因用力过猛，一下子翻了几个滚，撞到了飞船内壁。他的头"嗡"地响了起来。晕眩似乎脱离了他的脑袋，变作长刺的头盔，继而不断生长，变作他头顶的一颗多刺的星球。不真实的诡异感觉包裹了他的头部。徐征目眦尽裂，一声怒吼。

何陆生应该被抛向了无边的宇宙。现在，飞船上只剩他一个人了。


# 1
~


飞船颠簸得越来越厉害，徐征已经顾不上为何陆生悲痛了，他满眼血丝地瘫坐在驾驶座上，挣扎着开启半手动驾驶模式。但他还没有从疑似脑震荡的状态中恢复过来。仪表盘在他眼中跳动，他费了好大工夫才看清，指针确实异常抖动着，仿佛看不见的手正在乱拨。

徐征紧紧盯着控制台的指数，待他再次抬头时，飞船的舷窗外不再是熟悉的星空。

他处于一种半梦半醒的状态。之后发生的事情，他不能肯定是自己的幻觉还是确有其事。

外面光怪陆离，是他从未见过的景象。光不是直线，而是曲线前进。

好半天他才反应过来，应该是空间扭曲了。

徐征打开通信频道，呼叫地球："北京基地！我是'雪峰'号科考队员徐征！请回答！"

通信频道里一片诡异的缄默。他的声音如同墨汁入海，片刻就被无尽的虚空稀释到透明。

该不会是进入虫洞了吧？这不是存在于科幻小说里的东西吗……徐征毫无对策，一筹莫展。

徐征望着舷窗外见所未见的螺旋状的光，不禁想起了吴哥窟那炙热的阳光。

那时候，吴哥城已经存了一千年。

两年多以前，简帛和徐征在那个闷热的下午登上了巴肯山。山顶的神庙遗址沐浴在夕阳的光辉中。茂盛的热带丛林缓缓展现在两个人眼前。

两个人是同门师兄妹，简帛被导师派来吴哥窟做地质考察，而徐征在地质研究所工作，代表研究所参加同一个项目。

"你想，一千年前，高棉王朝的统治者正注视同样的夕阳……是不是有点吊古伤今？"徐征笑言。

简帛清了清嗓子，把手放在嘴边开始大喊：

"乐游原上清秋节——咸阳古道音尘绝——音尘绝——西——风——残照，汉——家——陵阙！"

徐征不禁嘴角抽搐："为啥要念李白的诗句，师妹你穿越了？"

简帛回头看他，被汗水打湿的头发贴在头皮上，显得格外幼稚，浅褐色的眼睛闪过一抹狡黠。

"笨！吴哥古迹始建于公元802年，前后历时四百余年……这不正是我国唐朝时期吗？这里被唐朝的夕阳照耀过，不正适合李白的诗吗？"她一扬手中的旅游宣传册。

徐征笑了，他站在简帛身旁，一起注视夕阳缓缓没入云朵之中，给那云朵镶上了金边。壮丽的石头城披上金纱，沉默而惊心动魄地闪耀着神秘的光泽。

"一千年了，这些建筑还是这么宏伟。果然，石头永远不朽。"简帛叹道。

"不，世上永垂不朽的是爱。"徐征接话。

简帛沉浸在学术思考中的大脑不由得一个急刹车，热泪盈眶道："徐大神，你居然把一个唯物主义问题硬生生地扭转成唯心主义。小女子甘拜下风！"

徐征扯出了一个不容抵抗的笑容并伸出"魔爪""蹂躏"简帛的脑袋："精神力量自古以来都是碾轧自然力量的。"

简帛的白眼快翻到天上去了："徐师兄，你能不能务实一点，身为掌门大弟子，要起带头作用，实事求是，知行合一，坚持唯物主义史观……"

他忽然握住简帛的手。简帛话没说完，变成了中途停电的收音机，哑了。

徐征的另一只手还停在简帛头顶，一言不发。两个人维持这诡异的姿势三分钟，简帛打破了沉默："师兄，你这是要传给我什么神功吗？"

徐征缩回手，都不知道手脚该怎么放了。

"师……师妹，师兄我又要出去游历江湖了，师父就托付给你照顾了！这套本门秘法传给你，你要勤加修炼。"徐征几乎咬了舌头，忘记了原本要说的话，囫囵接了一段。

徐征平时人模狗样，将大师兄的派头装得很好，但只要看到小师妹就大脑死机，早就威严扫地，里子、面子掉了个干净。

简帛微笑着说：“你还要去考察吗？”

“……嗯。”

“什么时候？”

“……三天后。我会给你带礼物。”

徐征时常被研究所派往几光年外的一个类地行星进行考察。这一次，预期考察时间是两年。

“听说你去的是颗钻石星球，不如送我几斤钻石吧？”

据说那个编号为 hx-30982 的行星和地球一样是一颗岩质星球，其大部分组成成分也是碳，准确地说，是钻石。

徐征板起脸说：“师妹，你居然是个财迷？”

简帛瞟了他一眼：“带点土特产有什么不对？我又没让你摘星星。”

徐征听了，不知道为什么心情很好，得意忘形地说了句昏话：“我给你雕一个钻石人像！”

简帛想起每所大学门口的伟人雕像，恶寒地甩甩头：“大师兄，你的脑袋里装的肯定是豆花，还馊了。”

此时此刻，徐征觉得他的脑袋里装的确实是豆花，还晃散了。


……

# 2

徐征睡着了。

在回程路上发生的一切似真似幻。他躺在甲板上，仿佛水面上静静漂浮的一叶扁舟。

忽然，徐征感觉到了怪异的压力，他睁开沉重的眼皮，看到飞船前方出现了一个白点，好像是山洞的出口。

很快，徐征和飞船被抛出了那个奇怪的空间。

外面群星闪烁，一颗恒星正散发出炙热的光焰。可以看到远处带着光环的行星。那是土星。

"塞翁失马，焉知非福。"受益于虫洞，徐征终于回到了太阳系。他激动得难以自抑，乒乒乓乓地调整导航系统，目标：地球。

飞船发出电波探测路径。

徐征又一次打开通信频道，却依旧不能联系上地球的基地。频道里只有一片电磁的沙沙声，仿佛某种不祥的预兆。

忽然通信频道里传来连绵不绝的振动。徐征精神紧绷，心跳立刻飙升。在这节骨眼儿上，可别是飞船坏了呀！

他吓得连忙开启自动检查系统。

那振动持续了好久，方渐渐平缓下来，好像充满气的可乐瓶子终于爆发到尾声，只是不时地冒个气泡。

自动检查系统结束扫描。一切正常。

徐征瘫坐下来，脚边踢到什么东西。原来是他的个人通信器。这小东西的指示灯疯狂闪烁，徐征意识到，方才的振动源自他刚出虫洞时接收到了一堆未读消息。

徐征刚捡起个人通信器，忽然听到了冰冷的机器声："查无此地。"

导航系统过了半个小时才完成扫描。返回结果为错误。

徐征连忙扔掉通信器，坐到导航系统前面。他搔搔脑袋：怎么会错呢？好在他熟记地球的坐标，手动输入系统。

结果仍然是查无此地。

徐征不禁自言自语："地球怎么会不存在了呢？这系统难道被虫洞搞坏了？"

徐征将目的地定位在火星，这一次路径规划成功了。

****

"路途预计时间为十天。看来得找点别的事情做。"他喃喃自语道。徐征按捺住心里的焦虑，想起个人通信器。

直接联系简帛或者其他朋友问问情况也可以啊！徐征拍着脑袋。他早该想到的。

不料，他看到通信器显示：未读消息999条。徐征吓了一大跳。这么多？

他打开信息列表一看，最首位是简帛发来的信息，后面还有父母、朋友的信息。

他首先点开简帛的信息。最新的信息在最上面。徐征看到，那是一个文件。题目名称"载体定律"。这难道是她发现的？简帛这个小姑娘，真的创造了"简氏定律"呀。

下一条是文字信息："师兄，我大概不能等到你回来了……"

徐征被这句话炸清醒了。什么叫不能等他回来了？

他连忙往下翻，发现几乎都是简帛的自言自语："师兄，秋天到了，母校的银杏林又黄了。""师兄，我离开研究院了。"……

什么意思？简帛不是还在读博士吗？

徐征终于注意到了发信息的时间：2365年1月10日。这个日期如烙铁一般印在他脑海中，他不由得毛骨悚然。

十年过去了……

他竟然在虫洞里待了十年时间？

徐征恍惚起来。虫洞里的经历光怪陆离，似乎只是短短一瞬，又似乎有一生那么长……他想起古诗词爱好者简帛曾经给他读过的一句词：

"浮名浮利，虚苦劳神。叹隙中驹，石中火，梦中身。"

理工男徐征第一次对这些故纸堆里的语句产生了一点共鸣。

他不在的十年里，大家都经历了什么事情呢？父母还好吗？朋友、师长、同门……还有简帛。十年后，她过得怎么样呢？

回首已是百年身。

徐征忽然想到，对地球的亲朋好友来说，他失踪了十年。

他翻了翻其他人的未读消息，有朋友、老师、家人，大家都在问他发生了什么事情，为什么忽然失去了联系。大部分人发送了两三条消息。有几个关系不错的朋友，坚持每年在他失去联络的日期问候他。

父母几乎每个月都会发来一条消息。字句中的期盼和痛苦令人不忍卒读。徐征读了两三条，便读不下去了。他悲从中来，泪水夺眶而出。

他连忙给父母发了一条文字信息：

"爸妈，我可能回程误入虫洞，晚了十年抵达地球。你们还好吗？"

而最多的未读信息来自简帛，差不多有500条，是其他所有人信息的总和。

想了想，他也给简帛发了一条简单克制的问候短信。尽管他不想承认，但是简帛有可能早已结婚生子……徐征生出些许惆怅。这惆怅在封闭的飞船空间里，搅和出满腹烦躁。

"叮"的一声，个人通信器报告，两条信息均发送失败。

发送失败？哎，怎么回事？地球到底怎么了？

难道过了十年，通信方式已经改头换面，彻底换代了？

徐征摸不着头脑。那还是回地球再说吧。

他放弃了继续联络的打算，坐下来慢慢阅读未读信息。未读信息太多，他只能从最新的往前阅读。

简帛说自己与别人合伙开公司了。简帛从研究院出来了。简帛在研究院做了很多研究。简帛毕业了，进入研究院工作……

他匆匆翻到最早的一条，简帛说："师兄，距离你失去联系已经三年了……他们都说你不会回来了。但我觉得，你也许就在哪颗星星上眺望地球。"

简帛应该给他发送了更多的信息，但因为容量原因，个人通信器只保留了一部分。

徐征扔下通信器，痛苦地蜷在地板上……归心似箭已经不能形容他的焦躁。他恨不得用光速飞行。而飞船的最高速率只有光速的千分之二，现在燃料有限，飞船整体状态也不佳，只能维持中等速度。

突然他跳了起来，疯狂地冲向飞船驾驶台。徐征被砸的脚趾还没有完全康复，他痛苦得一哆嗦，扭曲的面孔倒映在舷窗玻璃上。

窗外群星闪烁，一如既往。

\*\*\*\*

徐征在煎熬里度过了九天。不知道是不是进入虫洞前头部被撞击的后遗症，他头痛欲裂。他躺在甲板上，手指摩挲着那颗钻石小星球，忽然在上面看到一双血红的眼睛。

不知不觉间，徐征变得面容枯槁，双眼赤红。

第十天，一直沙沙声的通信频道出现了不一样的波动，徐征扑了上去，大声呼叫："喂！是地球吗？！这里是'雪峰'号科考飞船，我是徐征！"

一阵冗长的撞击声拂过，令人想起风铃的声音，却更沉闷。徐征只听过一次类似的声音，那次刮台风将一大片板房的屋顶掀起来，扔到了几千米外。玻璃窗在发抖，夹杂着某种铺天盖地的撞击声。

"地球，请回答！我是徐征！"他又重复了一次。

那混乱的撞击声又持续了一会儿。

他一边说话一边望向舷窗之外，眼前的画面不禁让他定住了。

徐征惊恐地睁大了眼睛，他仿佛看到了最可怕的噩梦。不，即使在人类所有的噩梦中，也没有比这更可怕的景象。

视野可及之处，并没有那颗熟悉的蓝色行星。取而代之的是一大片混沌的星云，勉强组成了球体的外形，体积比那颗蓝色行星大了一倍。那如同被碎纸机粉碎过的地球，在离心力的作用下，不时抛出一些粉尘，好像老式拖拉机吐出的烟圈。

大气、陆地、海洋、山川，全都不复存在。那些暗淡的粉尘在太阳的照耀下，闪烁着暗灰色的金属光泽。

人类呢？

他们去了哪里？人类是被外星文明攻击了吗？是否还有别的人类幸存？

无数疑问涌进大脑，徐征双眼血红，怔怔地看着前方。

徐征感觉脑袋里面一团混沌，神志似乎溺水了。

这都是梦吧，难道他还没有离开虫洞？

在徐征的眼前，地球碎片的聚合体如开天辟地之前的混沌怪兽，又像万物焚尽之后的一把骨灰。

他不禁想起，曾经和简帛谈论过的那个问题：世间什么能永垂不朽？

# 3

徐征坐上了驾驶座，让这艘小小的飞船靠近那碎片组成的混沌怪兽。飞船被强大的引力拖着不断加速。

"这些碎片没有四散，果然因为还有引力。"但这引力是如何保持的？徐征来不及细想，他操纵飞船小心地前进。终于，他伸出挖掘矿石的机械触手，抓住了一把碎片。

碎片进入飞船内部。徐征将碎片全撒在地板上。

那是几片漆黑的金属状物质，表面很光滑，反射着舱顶的灯光。徐征不知道如何研究它，只是抬手拾起来。

比想象中的重。这是第一个念头。徐征不禁展开了科学思维，看来这种物质密度很大。

这是什么金属？徐征推断，这不是地球上存在的任何一种金属。

他忽然泄气了，烦躁地将金属片丢回地上。

忽然，出现了一个声音："谁把一个储存着'我'的碎片拿走了？谁？"

徐征吓了一跳："你是谁？"

那个声音说："你又是谁？"

徐征发现，声音正是从其中一块碎片中传来的。

徐征冲它大喊："人类呢？地球呢？都到哪里去了？"

"人类全都在这里啊。"一个奇怪的人声，嗓子如同废铁一样咔咔作响。

"你究竟是谁？这到底怎么了？你说清楚！"徐征咬牙切齿地说。

"你居然不知道云人？我得搜一下你的来历，你刚才说了'雪峰'号……"那废铁嗓子消停了一会儿，咔咔咔地传来类似齿轮的声音。

"云人是什么？"徐征发出疑问，却没有得到回答。

三分钟后，那废铁嗓子又响起来了："哟嗬，我就说，谁不知道云人啊。地球云化一百多年了，还以为你是外星人呢。是不是当时去考察，结果返程失踪的'雪峰'号？你可是在宇宙里飘了小两百年。"

"什么？！"徐征吃惊极了。

时间已经过去了两百年？

虫洞只是让他跨越了空间，没想到却在时间尺度上开了一个这么大的玩笑。

父母、简帛、亲朋好友……徐征心里的一点挂念，忽然像雪片似的消融，被忽然肆虐的大风吹得四散。

两百年啊，两百年。

两百年前，他与同伴一起，带着众多期盼踏上征途。两百年后，他独身一人回来，却连故乡也不见了。

他看见自己的影子投在地板上，孤零零的。

"那就可以理解了，可以理解。嘿嘿。那我向你介绍一下你不在的这段历史吧。先自我介绍一下，我叫麦昆。"那个声音继续说。

"人类怎么会变成这样？"徐征怔怔地问。

"哈哈，这个答案很长，很长。需要你拿点东西来交换。"从地板上传来的沙沙声如幽灵一般。徐征产生了一种错觉——人类和地球早已湮灭，自己不过是发了疯，在自问自答罢了。

"交换什么？"徐征喃喃自语地吐出几个字。

"很简单，你要无条件地为我做一件事……大可放心，并不会危及你的生命。"

危及生命？徐征那惊吓过度的心口忽然涌现出一个可怕的想法。地球既然不复往昔，他如何补充食物和燃油？这栖身的小飞船，耗尽燃料之后也将葬身于宇宙……

徐征喃喃地说："我怎么活下去……"

麦昆发出"沙沙"的笑声："只要你答应我，我就有办法让你活下去。"

徐征警惕地说："我凭什么相信你？你连形体都没有，不过是宇宙中的一块碎片。"

麦昆的声音压低了一些，仿佛一个人凑近了说话："你不想知道地球为什么变成这样？这一切我都能告诉你。反正，没有食物和水，你也活不了几天。"

徐征悄悄捏紧了手指。是啊，他活不了多久……

"那又如何，我不相信地球人已经全部灭绝。人类怎么愿意变成碎片？"徐征不甘心地叫着。

"哈哈，我可以告诉你，也可以让你看到真相。还可以……让你找到想找的人。"麦昆耐心十足地诱导徐征。

"两百年了，我认识的人早就化成了灰。"徐征说道。

麦昆哈哈地笑起来，电波声变得刺耳极了："现在的云人，都是两百年前活着的那些人。连我也是。"

"你又为什么要帮助我？"

"因为我也需要你的帮助啊。"

徐征的脑海中有个声音告诉他不要相信这个虚无缥缈的声音。但是，麦昆那半句话让他着了魔。

找到想找的人……

简帛。徐征清晰地在脑海里刻画出这两个字。

他转念又想，父母、师长、老友……大家都不在了。

徐征又一次深刻地认识到，世界只有一个人类，就是他自己。

# 4

"怎么了，有什么可消沉的？你进入云境看看，就会发现大家都在呢。"麦昆仿佛明白了他的忧虑。

不，这不一样。徐征在心里重复了几遍。不知为何有一种毛骨悚然之感，就像门口有人说"大家都在等你呢"，进去后发现是空房间。

他像一棵缺水的植物，在甲板上蔫了一会儿。

麦昆毫无察觉地在他的飞船里絮絮叨叨，徐征听了一耳朵"口述地球云人史"。云人的碎片被一种特别的引力聚合在一起，被称作"引力网"。云人之间可以传递信息，也可以在网络上游走。只是徐征没法使用那种交流方式。云人在意识里建立的虚拟空间被称作"云境"。云境有个人的，也有公共的。

"像我这样可以发出人类可接收的声波，可以与普通人类交流的云人，还没见过第二个呢。"麦昆扬扬得意地说。

……徐征总算明白麦昆为何这么聒噪了。好久没逮着人说话了呗。

他又想到什么。是啊，这些云人，自然不可能接收他的个人通信器的消息。通信卫星也早就不存在了吧。

"那怎么这么巧，我就抓住了你的碎片？"徐征忽然发现了可疑之处。

"嘻，这些碎片都是载体，云人的意识当然是联网的。你出现后，大家就紧急召唤我来跟你沟通。"

感觉更像鬼故事了。徐征苦涩一笑。姑且相信，其他"人"在云境里等着他吧。


忽然，飞船的警报打断了麦昆的喋喋不休。

"警告！可疑物体正高速飞来！飞行速度每秒16千米……估测直径……4.6千米……距离……178万千米。"

"警告！预计30个小时后抵达本飞船！"飞船的探测系统发出警报，模拟了物体的运动轨迹，并拍摄了可疑物体的图像传回。

徐征连忙站起来，差点把自己绊倒。可疑物体看上去竟然是一个凹凸不平的小行星！！

小行星要撞地球了？

徐征又看了看身边的混沌怪物，忽然压低嗓子问道："麦昆，你们这个云地球，还禁撞吗？"

麦昆似乎也被这个消息砸傻了，半晌没有出声。

"喂！说话呀！"徐征捡起碎片，大声喊。

过了一会儿，麦昆哼哼哧哧地出现了："哎呀，这情况有点危急！一般情况下，彗星之类影响不大。但这么大的小行星，而且方向正好冲着我们……哎，我们要开紧急大会讨论一下……你等一会儿！"

说罢，麦昆又消失了。

\*\*\*\*

"徐征，我们需要你的帮助！"只过了几分钟，麦昆的声音又出现了，充满了前所未有的焦急。

"你们讨论完了？这么快？"徐征有点蒙。

"意识和意识的交流不需要语言，当然很快。"麦昆随口答道，"快！快！来不及了！你快进来！"

"我怎么进去？"

"你的飞船有冬眠舱吧？快躺进去。我暂时改造冬眠舱的系统，使你的意识与云境接通……"麦昆的语速越来越快。

徐征也不由得一溜小跑，进入飞船的冬眠舱。

舱门扣上了。徐征闭上眼，但他还能听到麦昆混乱的絮叨，烦得他不知道是干脆昏过去，还是跳起来让他闭嘴好。

"他该不会想把我也变成云人吧。"徐征忽然冒出一个念头。然而他还没有仔细思考，意识就被吸走了。

不知道冬眠舱的系统被怎么改造。他的意识仿佛被切碎，又被纺成线，被一根一根地挑起来看。徐征感觉自己变得无穷细、无穷小……忽而又堆叠成一团，捏成一个小泥人……徐征在一个温暖的地方恢复了意识，感觉周身仿佛浸泡在两百年前很常见的叫作浴缸的物品里。

他睁开眼。

徐征低头看看，这具虚拟身体还是他的样子。抬头，熟悉的地球映入眼中。徐征愣住了。没想到，云人在云境里居然活生生又造出个地球。他虽然知道是虚幻的，但也不免激动万分。

徐征贪婪地看着，失而复得的感觉就像爱情。

"你来了？"身侧传来一个熟悉的声音，却没有那么刺耳了。

一个挺高的红发男子站在他身边，出乎意料地……文质彬彬。

"麦昆？"徐征试探地问道。这完全破除了他的想象。那副破铁嗓子居然长得不像弗兰肯斯坦？

"是啊。在云境里大家可以设定自己的具体形象，基本就是以前人类的样子。"红发男子看不出年龄，穿着皱成抹布的衬衫，特别像大学校园里的学生，理工科那种。

"你们打算怎么办？"徐征先发问。

"先找个地方说话。"麦昆说话间，带着徐征掉入大气层。

徐征发现自己可以自由地飞，一点点重力给这个虚拟地球加上了微不足道的真实感。

空中有很多光点在做布朗运动，像萤火虫一样。光点随着徐征的身体转动，似乎要把他包围起来。徐征忍不住手舞足蹈地想把它们赶开。

"这些都是云人的意识……"麦昆低声说，忽然又大声地冲光点喊，"你们别逗他了，走开，走开。"

"我怎么不能跟他们交流？"徐征问。

"当然是编码不一样。两种系统……来不及解释了，快跟我走吧。"麦昆拽着他。

徐征保持着拳打脚踢的姿势降落到地面上。这是一座中国的城市，他发现了。汉字的招牌无处不见。街上有人，但比他记忆里少多了。街道上也飞舞着很多光点，到处都跟偶像剧场景似的，有一种难以言喻的浪漫——科技的浪漫。如果没看到那碎片化的地球，徐征几乎要沉醉在这不可思议的奇妙场景中。

"这是哪儿？"徐征问。

"这是我最喜欢的城市，北京。但是我不喜欢中国人。"麦昆边走边说。

徐征感觉到他冷飕飕的目光，不禁瞪了他一眼。

"不过我很喜欢你。"麦昆似乎发现自己开了个不好笑的玩笑，连忙用手臂勾搭徐征的肩膀。触感十分真实，毛茸茸的暖意架在徐征的脖子上，让他有点儿抵触。

"你们中国人就是太聪明，唉，聪明得让人讨厌。"麦昆叹气道，"就连第一个云人都是中国人。最早储存人类意识的技术，也是由中国人提出的呢。"

徐征好奇起来："谁啊？"

"你问对人啦！只有我对这些历史这么关注。不过我们先谈要紧的。"麦昆拖着他进入一家街边的咖啡厅。

# 5

徐征走进去，是一家他很熟悉的学院风格的咖啡厅。整洁的木板桌，亚麻沙发，明亮安静的灯光。他过去常自嘲自己头脑简单，四肢发达，根本静不下心坐下来搞科研，只有在咖啡厅里才能勉强自己干点活。他看到这熟悉的环境，眨眼之间，心底有什么喷薄而出。

"怎么样，这环境还可以吧？"麦昆挤挤眼睛。徐征领会到，这是他们特地为他准备的。

咖啡厅里空荡荡的，只有一张长桌前挤满了人。麦昆带着徐征走过去。

"介绍一下，这位是徐征。这几位是全体云人的代表。"

几位参加会议的代表向这边看来。他们都是不同的人种，有男有女，有老有少，甚至有一位头梳冲天辫的小孩。

"时间紧迫，就不一一介绍了。还有不到30个小时小行星就要到达地球了！"麦昆说道。

代表们纷纷交头接耳起来。

"好久没出现这样的危机了……不是说，直径两千米以上的小行星与地球相撞的概率，是50万年才发生一次吗？"

"哎，咱们的反重力屏障没建立起来吗……"

"以前有，但好久没维护了，也不知道还能不能用……"

……

七嘴八舌的声音如浪潮般充斥着这个空间，仿佛数以万计的人正在徐征耳边说话，而长桌前只有区区七八位代表。

徐征猜想，可能是考虑到他的接受度，云人才模拟了几位人形代表。可能实际上，无数云人正在参与这次会议。

忽然一个苍老的声音压过所有的话音："徐征先生，您是穿越宇宙的勇士，请您一定要拯救我们啊！"

徐征闻声望去，一位老者正向他拱手。

"我尽当竭力。可是，我能做什么呢？"徐征说。

代表们又纷纷交头接耳，好像有什么意见不能达成一致。

"唉，全民公投真是耗时间……"麦昆见一时半会儿不能讨论出结果，对徐征说。

"云地球到底是怎么构造的？"徐征问道。

"这个，说来话长啊……云地球是由云碎片构成的，云碎片则要从云人的诞生说起。"麦昆说。

麦昆告诉徐征，两百年前，有一家公司面向老年人提供记忆存储服务，可以保存老人的记忆，还可以做成简单的AI与家人交流。

这项业务非常红火。谁不想在世上留下点什么呢，况且这几乎就是一个电子版本的自己了。

十年里，记忆存储公司不断壮大，成为一家非常庞大的跨国公司，对各国政府都有极大的影响力。这时候人们发现制造存储器的原料紧缺。公司招揽了一批科学家，研究如何将大量的数据存储在更小的载体上。

在永生的诱惑之下，诞生了魔法一样的科技。把一件物品粉碎成分子，做成分子存储器，用以储存该物质的原始数据。例如，把山粉碎，存储山的高度、宽度、形状等全部细节。

"后来，大家发现，这个技术也可以应用在生物身上。"麦昆随意地说出这句话，徐征心里一阵狂跳。这也太令人匪夷所思了……

把一只鸟粉碎并存储全部数据……

把一个人粉碎成原子，存储这个人的外貌特征数据和全部记忆……

云人就这样诞生了。

"后来呢？"徐征随口问道。一小团萤火飘落在他的肩头，如同小鸟一样。

"后来，就把整个地球都拆了呗。"麦昆轻描淡写地说。

记忆存储项目的诱惑太大了。这俨然就是永生……

后来人们发现，可以把人类的全部知识都存储在这样的存储器里，这样任何一个云人都可以在云图书馆里迅速地找到自己想要的知识。

图书馆是第一个被粉碎的。

然后是所有濒临灭绝的动物、植物。这样，在幻境里，通过读取某种生物的信息，可以快速建造其真实模型，供人研究或学习。

后来，那些名胜古迹也被云化了。既然真实的风景会在风吹雨淋里不断损耗，不如在永恒的虚拟幻境里存在。

再然后，那些大海、山川、陆地……所有的一切，都变成了空中飞舞的碎片。

最终，地球被整个云化了，成为一团直径多少米的混沌碎片。因为碎片之间传递信息通过引力网，所以地球人类制造了一个重力发生器，让所有的碎片聚合成一个类球体。

"'让水记住水、山记住山、人记住人。'记忆公司的广告词有意思吧？"麦昆说。

徐征没有接话。他陷入了沉思。

耗尽所有的能量和物质，只为证明人类的存在。

而当一切都湮灭时，我们的记忆还有存在的意义吗？

徐征还没有想清楚这个问题，云人们的讨论似乎终于结束了。

"徐征先生，请您帮助我们，将小行星破坏掉吧。"依然是老者发言。

"我只驾驶了一艘小小的科考飞船，我能做什么呢？"徐征虚弱地撑着身体。

老者的声音洪亮而悠长："首先你需要了解一下云地球的构造。"

"是他设计了云地球的结构。"麦昆在徐征耳边悄悄说。

老者向徐征介绍了这个奇特的碎片地球是如何构成的。

碎片地球其实有一个地轴，那是一根金属的自转轴。自转轴产生引力，吸引全部碎片一起自转。云地球的引力网可以控制所有碎片使其维持球形，但却抵挡不住小行星这样的天外来客。如果任由小行星撞过来，云地球地轴极有可能被撞坏，云地球再也不能修补……

"所以，我们只能迎难而上，争取率先粉碎小行星。"老者铿锵有力地总结道。

徐征觉得有点累。他已经好久没有休整过了。他耷拉着眼皮，对麦昆说："靠我一个人，怎么粉碎小行星？超人也做不到吧。"

"关于粉碎小行星的办法，我有一个构想。"另一个代表忽然发言。他是一位儒雅的男士。他说话很慢，很稳重："把'雪峰'号飞船开往小行星，然后开启自爆，将小行星炸掉。"

徐征反问道："谁开飞船？我吗？然后我就被炸成一朵花？"

"实际上，如果你变成云人，你就可以用意识进入飞船的驾驶系统。待设定好自爆模式，再沿着网络撤回到云地球。"那位男士依旧慢条斯理地说话。

闻言，众人又纷纷议论起来。

"但是，现在，将一个人类进行云化的技术已经失传了……"角落里一个细小的声音说道。

是啊，地球上所有的物质都化作了云碎片，再也没有云化的技术和其倚仗的设备。

"一艘飞船的爆炸，足以炸掉整个小行星吗？"另一个声音提出了质疑。

徐征不由得磨了磨牙："各位，似乎你们没有考虑过我愿不愿意变成云人。"

一时间，讨论声平息了。桌前的代表纷纷望着徐征，似乎很惊异。

"徐征先生，我们理解你时隔两百年回到地球的惊异。但是，整个地球已经云化，你作为一个还有身体的人类，如何生存下去？过去人类需要饮食，也需要住所。这一切都不存在了。你仅有的科考飞船，也即将耗尽燃料……"

徐征低下头，抵御着周遭的声音。他何尝不知道这些道理，只是……

"难道你不想同你的亲朋好友在一起？他们也在这里啊。"老者最后说道。

徐征的双眼渐渐变得血红。他张了张嘴，什么也没说出来。

僵持不下之时，忽然角落里出现了那个细小的声音。

"其实，还有一个办法。"

徐征猛地抬头，看向声音来处。是那个扎着冲天辫的小孩。

"我曾经查到一条加密信息……有一套云化的备用设备放在了地轴里。如果能找到那台设备……"

"这算什么办法，和刚才的不是一样？"徐征粗暴地打断了他。

"如果找到那台设备，是不是可以尝试将小行星粉碎为碎片？"那个小孩不紧不慢地说。

除了徐征，所有人都为之一振。

"这台设备真的存在吗？"老者问道。

"那就需要请徐征先生去证实了。"

所有人又都转向徐征。

徐征说："我有个要求。我想找一个人。"

"徐征，不到一天的时间，小行星就要撞过来了……咱们先忙要紧的事情吧。"麦昆连忙说。

"你们希望我拯救地球对吧？"徐征忽然站起来说。

"我不敢说自己是一个英雄，也没想过做英雄。我只是一个平凡的人类，想要过自认为幸福的生活……我热爱我的家乡、故土，热爱生命，热爱祖国。但是，面对这样一个碎片化的地球，面对你们这些云人，恕我直言，我不能产生强烈的保家卫国的情怀。我真的接受不了……请你们理解。"

云人代表们静静地看着他。

"如果说，现在还有什么能让我产生一点归宿感，可能就是我过去的亲朋好友。所以，我想找一个人。"

"好的。麦昆，你帮他找一下吧。"老者最终说道。

其他的代表静默不言，但他们投射来的目光沉甸甸的，压得徐征胸口一窒。

# 6

徐征在飞船里等消息。

"简帛自杀过。"冷不防那破铁嗓子响起来。

徐征问麦昆："你找到她了？"

麦昆说："没找到……但是我找到了一个相关的人——一个派出所的小警察。"

两个人回到了云境里的虚拟地球，坠入一个私人的空间——一套老旧的公寓。

沙发上坐着一个年轻人，脸色发白，看上去身体不好。

"这位是陈警官，以前在牡丹园派出所待过。"麦昆介绍道。

陈警官说："你要问简帛的事情？真的久远啊。"

陈警官对简帛的记忆十分模糊了。但那是他上班后负责的第一起案子，虽然小，却难以忘怀。

简帛曾经是一家记忆存储公司的合伙人，事业成功之时，却被发现在家中差点自杀死掉。有人说她得了抑郁症。所幸发现之时她还有呼吸，被紧急送往医院。据说中途醒来后，她同意了合伙人的计划，并自愿成为第一个云人。

"原来她就是第一个云人！"徐征吃惊地说。

"但是我一直怀疑她是他杀。"陈警官说，"因为她和合伙人意见不合。合伙人极力推动云人的计划，但简帛十分反对，好像是因为研究出了什么东西，觉得那个计划没有出路……"

"载体定律。"徐征在心里说道。

然而，永生的诱惑近在眼前，又有几个人忍得住呢？

简帛不知为何，被合伙人做成了第一个云人，可能还是实验品。徐征心中涌上一阵愤怒。他专心地思考，没有看到麦昆的表情变了变。

"既然知道她是第一个云人，我就有办法找到她。按序号调查云人的数据库，第一个肯定是她。"

麦昆带着徐征又返回了云境。

"你去找她吧，记住，还有18个小时小行星就来了。"麦昆将徐征扔下云层。

徐征在云境里快速穿梭。他的意识如同萤火，被碎片之间的引力网吸走了。在经过一个又一个中转点之后，徐征看到前方有一团暗金色的光。紧接着，他被吸了进去，回到了两百年前那个闷热的傍晚。


\*\*\*\*


柬埔寨，暹粒，巴肯山。日落时分。

徐征静静地看着眼前的一切。

眼前的风景却比他更安静，仿佛保持静止是这里的最高指令。

热带丛林如同沉默的士兵，兢兢业业地伸着树枝网住所有流窜的风。闷热的空气密封了所有的石头和植物，一点生气也没有，就像打开了一个两百年前生产的风景罐头。

山顶的神庙遗址与徐征记忆里一模一样，只是比他记忆里要高大一点。

徐征很快明白了。这个场景是按照简帛的记忆还原的，自然参考了她的坐标系。简帛比他矮一些。

徐征发怔地从树上揪了一片嫩绿的叶子，放在嘴里咀嚼了一下。

没味道。这个记忆场景没有储存树叶的味道。

因为简帛当时没吃树叶吧。徐征胡思乱想。

简帛呢？

简帛在哪里？

徐征四处张望。

终于他在神庙门口看到了她。

徐征不禁加快了脚步。是她吧？那个女孩低着头在看什么，嘟嘟囔囔的。

徐征走近，跟她一起看地面。泥土地面竟然在缓慢地变幻，一会儿变成石子路，一会儿变成石板路。

"哎呀，这个地面长的是什么样？好像不是这个……"

言语间，地面又变成了褐色的泥土，零星冒出来几颗小石子。

徐征终于听清楚了她说的话。

女孩似乎发现了他，抬起脑袋来……

是简帛，没错。但是这个姑娘怎么看上去更小了？个子矮了一截，脸小了一圈，年龄嘛，最多十六岁。徐征又受到了惊吓。难道还能越活越小吗？还是说这些云人在幻境里可以随意变换？

他转而又想到，纵然简帛的云人存在，于他而言不过是一把灰扑扑的碎片，和骨灰有什么区别？

徐征神色几变，不知如何开口。

简帛迟疑间，忽然眼中灵光一闪，叫出了他的名字："徐征！"

徐征有点吃惊地看着她。

简帛飞快地移开目光，自言自语地说："哎呀，你真是个小傻瓜，怎么又把师兄造出来了？他不可能在，他还在飞船上呢，也许飘个几百年就飘回地球了呢……"

一想到简帛是怎么去世的，徐征就感觉自己的胸口激烈地跳动起来，好像现在才活过来。心口又那么痛，拉扯着他的神经，似乎有幽蓝的火正在肆意地焚烧。他张开嘴想叫她，但声音都被火苗烧干净了，一点余烬也没有。

简帛放弃了思考地面到底是什么样的，她变出了一块水泥地，上面还画着格子，她蹦蹦跳跳地玩起来。徐征看清楚了，是跳房子。

得，看来心智年龄比外表更小。

徐征揉了揉心口，似乎要把那些狰狞的伤口揉作一团。他还有很多事情要弄清楚。

"简帛。"他终于叫出了她的名字。

简帛停下来，回头看他，似乎发现这个师兄不是虚像。

"我是真的徐征。"

"你骗我。"

### 强大，漂亮的新定义：
为女孩们的真我瞬间而喝彩

[美] 凯特·T. 帕克 | 著

182张动人的照片，
182组顽皮的少女，
182句活又萌又酷，
182颗年幼而强大的心。

艺术/摄影 | 98.00元

### 与另一个世界的你相遇

陈谌 | 著

继《世界上所有童话都是写给
大人看的》畅销三十万册，

作家陈谌沉浸四年，
首部真正意义上的长篇力作。

青春文学 | 42.00元

### 生活的隐喻

安夜 | 著

财富自由之后，
一个人的自我探索，
除了在天涯海角、
在镜头和笔端、
在静修的禅院，
还可以在哪里？

文学/随笔 | 52.00元

### 密云晨光

亚比煞 | 著

一个把信仰融入生命的人
眼中的电影、书籍、时事和写作。

曾经以为，只有批判才能改变现状，
而如今，更相信温柔的力量。

文学/随笔 | 45.00元

### 彩票中奖一亿元之后：
23类人士的未来道路揭秘

[日] 铃木信行 | 著

度过此生的方式千万万，
没有哪种方式只具备唯一结局，
这也正是生活之所以有趣和迷人
之处，不是吗？

经管/励志/生活 | 42.00元

### 改变你的姿态，改变你的气质

[日] 中井信之 | 著

日本国民级形态大师、
全球5000+明星的形体培训专家。

仅靠"姿态和线条"，
让你的美走得更远。

时尚/生活 | 58.00元

### 纯真告别

[美] 杰奎琳·苏珊 | 著

一部关于友谊和成长的史诗。

原来我们用尽一生，
只为和心中的纯真
更晚一些告别。

文学/小说 | 49.80元

### 你好，神：一个精神分裂症
患者的自我救赎笔记

陈思 | 著

每一天、每一年，
很多人都曾沉沦
精神分裂症的深海，
却鲜少有人如此漂亮地醒来。

心灵/励志 | 48.00元

## 精品图书推荐
## 阅读创造生活
### BOOK RECOMMENDATION

扫码关注 首单六折

联合读创官方淘宝店

进入微店 首单六折

联合读创公众号

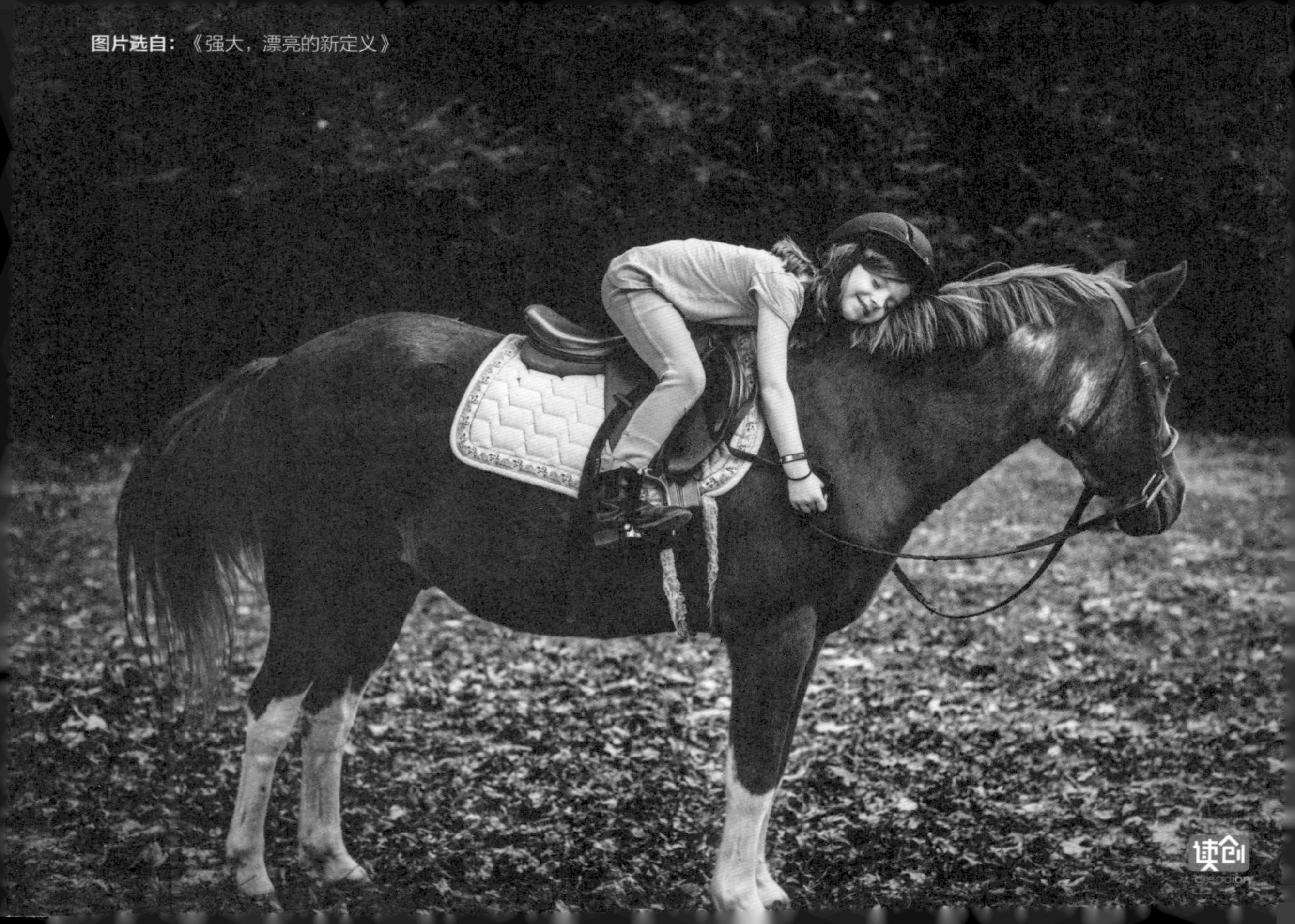

图片选自：《强大，漂亮的新定义》

"我没有。"

"那你说我们是在哪里认识的？"小女孩的声音又清又脆。

"就是师门聚餐，导师介绍你是新入门的小师妹……"徐征痛楚地皱起了眉头。人人敬仰的大师兄，坐在导师身侧。对面的小师妹穿着蓝色连衣裙，笑眯眯地说"师兄，承蒙照顾"。他当时淡然举杯，手心却出汗了……人生若只如初见。

"也许吧……其实我也记不清了。"简帛不好意思地摸摸头。

"你怎么……忘了呢？"徐征欲言又止。他终于察觉到不对劲了。云人不是存储了本人的全部记忆吗？怎么简帛看上去记忆残缺不全？

"是啊，我怎么忘了……我忘了好多事情……我忘了我是怎么到这里来的，这里是不是阴间？不不不，他们都说这里就是地球，变了样的地球。记忆存储……载体定律……我记得载体定律……"简帛的眼神散乱起来。

"载体定律，你还记得是什么吗？"徐征抓住了关键词。实际上，当年，简帛因为提出了载体定律，而被意见不合的合伙人谋杀了。简帛成了第一个进入云境的人类，被当作样例四处宣传。可是简帛提出的载体定律并没有流传下来，仅仅是邮件中的只言片语。

简帛眼神呆滞地看着地面。

徐征发现地面又开始变得让人眼花缭乱，时而是沙滩，时而是草地。看来简帛心情不好的时候就爱折腾这地面。

徐征长叹一声，说："算了，你不用逼自己。我们一起玩一会儿别的吧。"

于是，两个人一起用树枝在地上画画。

忽然徐征听到空中响起了一个尖锐的声音："徐征，你快出来，小行星还有五个小时就来了。"是麦昆。

徐征画了半天，手上都是泥土。他举起手，似乎想摸摸简帛的头发，又有点迟疑。

"我下次再来找你。"徐征说完，从巴肯山山顶跳了下去。

简帛吓得头发都竖起来了，冲到悬崖边，看到徐征化作一团萤火，渐渐消失在空中。

"这个师兄是假的。没事，没事。"简帛安慰自己。

# 7

徐征一出来就捏起了麦昆的碎片，开始审讯。

"你有事瞒着我。"徐征正色道。

"怎么了？"麦昆有点底气不足地问。

"简帛的记忆怎么不完整？不是忘了细枝末节，而是很多事情都忘记了。"徐征说。

麦昆居然细声细气地说："你发现了？也是。既然是第一个云人，碎片的磨损自然很厉害了……"

"快点说清楚。不然就把你这一片扔得远远的，让你永远缺少一个角。"徐征似乎发现了威胁麦昆的方式。有的人越是焦虑，脑子反而转得越快。

"唉，既然你发现了，我就不废话了。云人既是存储器，自然会折旧，有损耗率。当然，在当初研发这一技术的时候，已经有所考虑。"麦昆语气有点委屈地说。

"怎么解决？"

麦昆告诉徐征，碎片地球的自转轴是引力网的来源，也是一个聚能设施，会吸收太阳能和宇宙射线的能量，以及附近的星尘碎片，用以修补云地球的公共数据库，例如知识或者地理场景。云人随着整个碎片地球自转到地轴附近时，可以自行请求修补。

"哦，碎片地球中心是一个巨大的吸尘器。"徐征漠然地说。

"哎……"麦昆似乎想抗议徐征对地轴的丑化，又想起自己被人威胁的现实，只好委屈地吞下了后面的话。

"简帛是怎么回事，你还没说清楚。"徐征咬住核心问题。

"这种修补需要自己提出申请，她估计不知道吧。另外，可能搜集的星尘并不足以修补所有缺失的碎片……"麦昆的语气有点沉重。

"说重点。"

"徐征，还记得咱们刚见面的时候，我希望你帮我吗？这就是我最开始要拜托你做的事情。"麦昆也正经起来，破铁嗓子散发着荒凉的意味。

"我们需要更多的星尘来修补云地球的损耗，不然总有一天会维持不下去。徐征，我需要请你帮忙搜集附近的星尘。"麦昆说道。

"搜集附近的星尘够吗？能管多少年？"徐征冷冷地说。

"所以，如果有一颗小行星……"麦昆低声说。

徐征顿悟。有一颗小行星正飞向地球。

徐征不知怎的，心中油然生出一种悲凉感。没有别人可以驾驶飞船，前去粉碎一颗行星，只能依靠他一个人了。

唉，如果两百年前他在地球，一定不会……不过，一个人又能改变多少历史呢？徐征满心怅然。


＊＊＊＊


徐征终于接受了云人们的委托。

徐征乖乖地按照麦昆的指导，从地轴处找到了封存的云化设备。那是一台带柄的仪器，头部很大，是一个开口的长方体。徐征叫它粉碎仪。

将粉碎仪固定在飞船尾部，他拦截了一颗路过的彗星，很利索地将其化作灰白的星尘，收集进粉碎仪。

徐征驾驶着飞船四处晃悠，搜集了一大堆星尘，坠在飞船底部。返航之时，星尘的体积已经超过了飞船体积的十倍，飞船像蚂蚁艰辛地举着食物爬行。

然后，徐征把这些星尘从地轴在北极点的入口扔进去，一瞬间星尘就被吞掉了。

北极点附近的碎片忽然犹如被高温烘烤着，仔细看，是无数光点正凝聚在一起。这是碎片正在被修补。

徐征对这个场景着了魔。

壮丽的景象令他暂时忘记了自己的沉重命运。之后他乐此不疲地四处寻找星尘，并投入地轴之中，一再地观看碎片被火光照耀的瞬间。

那不断升起的耀眼的火光，令他回忆起两百年前飞船从地球出发的那一刻。

那是他停留在故土的最后一刻。

"徐征！"麦昆的嗓音呼啸而来。小行星终于来了。

徐征驾驶飞船横在云地球前面，将粉碎仪对准前方。他发现这颗行星超乎想象地巨大，拦截它无异于螳臂当车。

身前是无能为力的命运，身后是曾经的故乡。可是他逃不掉，也不能逃。

徐征看着前方的阴影越来越近。他不知道粉碎仪能不能粉碎这么大的行星。姑且一试。

徐征按下了按钮。粉碎仪晃动了一下，开足马力，阴影瞬间垮塌。

还没来得及松口气，徐征就发现只有一半行星被粉碎了，剩下的半个行星带着的巨大弧形凹槽呼啸而来，犹如张大嘴巴的巨兽。

糟糕。徐征心里咯噔一下。

他又一次开动粉碎仪，粉碎掉了这半个行星的一部分。最后剩下约五分之一的行星在轨道上不忘初心地前进。

距离太近了，已经不能再发动粉碎仪。

徐征满头冷汗，倏而又释然地摇了摇头。横竖他也活不了几天了，就当是为人类捐躯了吧。

他按下了一个按钮。

飞船炸成了一朵绚丽的烟花，把小行星残余粉碎成了星尘。

云地球静静地看着最后一个人类化为齑粉。

不知过了多久，一切归于平静，云地球周围云雾缭绕，如同披上了光环，继而云消雾散，都被地轴吸尘器吸了个干净。

宇宙里一片澄净。


# 尾　声


吴哥窟，巴肯山。夕阳西下。

"师妹，咱们商量一下，能不能换个场景。这天气也忒热了。"徐征抹了一把额头。

"师兄，这明明就是虚拟场景，你把温度调一下啊。"简帛别过头去，掩饰自己鄙视的眼神。

"嘿嘿嘿。"徐征又露出了傻笑。

飞船爆炸之后，徐征化作粉尘，后来与行星的星尘一起，被地轴吸进去了。至于云人们是如何恢复他的意识的，徐征就一无所知了。睁眼的时候，他只看到左边站着简帛，右边站着麦昆。

"你这家伙真是走了狗屎运！你自爆的时候，先启动了粉碎仪。你距离粉碎仪最近，先变成了云人碎片，再被爆炸波及。爆炸嘛，有啥怕的，当地轴吸尘器浪得虚名吗……"麦昆又开启了唠叨模式。

"师兄，你还好吗？好久不见，你怎么又变傻了？"简帛却恢复了记忆，整个人看上去也成熟多了。

徐征还没开口，就看到简帛一瞪麦昆："你闭嘴！你把我做成云人，把师兄也害了！"

等等……麦昆就是简帛的合伙人？？？

徐征一时惊怒交加。

"我在之前忘记了很多事情，现在才想起来。至少让你们重逢了，以前的事情就一笔勾销吧！"麦昆看到了徐征狰狞的眼神，迅速敏捷地溜了。

还是变成了云人……徐征满腹心酸。他知道只有这一条路可走，却总有种怪异的别扭。命运见他磨叽，毫不留情地推了他一把。

徐征跟简帛一起在云境里漫游。他的意识似乎和整个云地球连为一体，意念一动，就能翻阅庞大的知识库，或者移动到任意一个位置。"天人合一"，徐征想起了古老中国的谚语。

他看到云地球似乎获得了大量的星尘储备。

"小行星的星尘有那么多吗？"他疑惑道。

直到有一天，他惊讶地发现，云地球的体积扩大了。虚拟云境里不再只有地球，还出现了一颗新的星球。

那是火星。徐征心如擂鼓。

"云化技术的后果。"简帛叹了口气。粉碎仪会造成空间的动荡。经历多次粉碎后，地球周围的空间开始坍缩，形成了连锁反应。宇宙里的星球被看不见的大手一一压碎，就像捏核桃一样。碎片则吸附在云地球上。

云地球不断扩大，很快，就会变成云太阳系、云银河系……

……

也许很慢，也许很快，整个宇宙会滚雪球般全部变成星尘，连接成一个巨大的存储云。这个碎片宇宙将会存储宇宙的全部数据，因此存在时间也极端短暂。

云宇宙会规律性地收缩、放大，不断地崩溃又重组，如同呼吸一样。信息不朽，存储在最小微粒里，随着每一次宇宙膨胀倾泻而出。诞生于一瞬，毁灭于一瞬。诞生的一瞬挣扎着，比毁灭的一瞬略长。

在一明一灭的宇宙里，徐征问简帛："你的载体定律到底是什么？"

他们的对话进行一秒，又停滞一秒，仿佛慢放的录像带。

石头、竹简、纸帛、磁带、软盘、光盘、硬盘……简帛一一细数。"单位载体存储的信息越多，载体的存在时间越短。"

"这代表了什么？"徐征问道。

"载体定律推断到极致的结论是，存储载体包含的数据无限大，则存在时间无限短。"

徐征笑着说："你说这个定律是真的吗？"

简帛望着夕阳说："我觉得是真的。"

# 音乐家最怕
的事情

# 1

初二学生肖海波站在合唱架上，前后左右都是人。西河初级中学一年一度的艺术节将在他们的歌声里拉开序幕。

候场时间，音乐老师兼合唱团指挥何宝聪，跟肖海波闲聊了两句，探讨"宇宙里究竟有没有外星人"。

"滑头滑脑"的小镇青年何宝聪，实在不是当老师的料。他的梦想是当音乐家。但父亲去世后，他为了减轻家里负担，自觉报名师范大学音乐教育专业。毕业后，他进入西河初中当音乐老师。

何老师不摆谱，不装老师样，深受小屁孩的爱戴。其中，肖海波尤其喜欢黏他。肖海波是个实心眼儿，好奇心过于旺盛。他从外县考来，住校，一个月回家一次。周末无聊，他总去找何宝聪玩，一来二去混成了何宝聪的小跟班。

"所以说，外星人这种生物，可能你这一辈子也遇不到，也可能明天就出现……"和瘦弱的外表不相称，何宝聪聊起天来犹如无限循环的八音盒，你甚至找不到停止的开关。他的白衬衫领子熨帖，西裤毫无褶皱，好像马上要去开音乐会。

事实上，他正靠在脚踏风琴上。草地绿得耀眼。

这个"不靠谱"的小青年对肖海波说："你知道，想认识外星人，最重要的是什么吗？"

肖海波懵懂地摇头。

"就是要会说外星人的语言。你要跟他们对话才行！"

"那……怎么学会外……外星人的语言呢？"

"这个就要循序渐进。首先学好语文，再学好英语，然后学德语、日语、爪哇语……总之，地球的语言你学个遍，就可以学外星语啦。"何宝聪满嘴跑火车。

肖海波诚惶诚恐地看着何老师，又思考了一下地球仪上那些多如牛毛的国家，感觉这辈子也学不完地球的语言。

"何老师，还有别的办法吗……"

"也有啊。交流的方式有很多种嘛。比如肢体语言，舞蹈……音乐也是一种方式啊。"何宝聪摇头晃脑地说。

"音乐？"

"音乐。曾经有一个很伟大的指挥家说过，音乐是没有国界的语言。"何宝聪一撩衣摆，坐在风琴面前，架势十足地抬臂。肖海波张开嘴，敬畏地看着何老师。

何宝聪流畅地舞动手指，一串和弦扑棱棱飞过。他的手指仿佛触碰到了音乐的开关，汩汩不绝的乐声流淌开来。肖海波敏锐地捕捉到，何宝聪的裤袋鼓起了一块，那是台小录音机。

何老师经常揣着这台小录音机，也不知道在录什么。

"老师，你是音乐家吗，你是不是在作曲？"肖海波追问道。

"我不是作曲，我是在搜集音乐。"

"搜集音乐做什么呢？"肖海波继续问。

"音乐，是一种语言啊。"何宝聪神秘地笑一笑。他原本长得清秀，就是眼神油滑，加上忽悠神功到位，此刻神秘一笑，有几分介于世外高人和邪教教主之间的风骨。肖海波已经被何老师迷晕了。


歌曲的前奏响起来了，肖海波收回胡思乱想。

孩子们的歌声响起来，清澈的天空被乐声涂抹得五彩缤纷。三个声部互相交错，歌声弥漫在礼堂周围，如同细雨一般落在翠绿的草地上。

这本来是一首脍炙人口的经典歌曲，经过何宝聪的改编，声部变得丰富，节奏变化多端，甚至有了叙事性。看台前方的校领导仰着脸，似乎很满意。

临近尾声，合唱团忽然动起来，第一排学生依次跳起来，犹如波浪划过。接着是第二排、第三排……歌声丝毫不乱，加上跳跃产生的鼓点般的脚踏声，将歌声送上壮丽的高潮，犹如一朵瑰丽的音乐玫瑰"噗"地绽开了全部花瓣，将所有的美丽展示在世人面前。

校领导的脸色变了。

歌声结束，掌声经久不息。肖海波竟然产生了奇怪的感觉——掌声是歌声的延续，这是另一段变奏。

何宝聪面向观众席敬礼。在掌声将歇的时刻，他坐在钢琴旁，弹出了一连串滑音。

"这才是真正的结束。"肖海波暗道。果然，他看到何宝聪摸了一下裤袋，结束录音。

一件微妙的事情在此刻发生了。合唱团成员依次退场，一个姑娘不小心从架子上摔了下来，带动周围的孩子站立不稳，一连串倒了好几个。肖海波拉起第一个跌倒的女生，发现她是副校长的女儿。

肖海波东张西望寻觅何宝聪，却看到副校长在训斥他。

"何老师！你怎么能让孩子在架子上跳跃？有人从架子上摔下来怎么办？如果受伤严重怎么办？"副校长很生气。

"这一段需要一点快节奏的鼓点，孩子们的脚踏声是最合适的……"何宝聪努力辩解。

"音乐是最重要的吗？安全！安全才是！何老师，退个场都会摔跤，你真是不把学生的安全放在心上！"副校长暴跳如雷，"找一份谱子，好好唱就行，别搞那么多幺蛾子。"

这时候，何宝聪不知道哪根筋搭错了，他大声说："音乐才是最重要的！比什么都重要！"

肖海波不由得瞪大了眼睛，特别想冲上去捂住何老师的嘴。

一时间，操场上寂静得可怕。

艺术节圆满举办。

何宝聪被开除了。


\*\*\*\*


在教师宿舍里，何宝聪一声不吭地收拾东西。忽然，一颗脑袋探进来，是肖海波。

"何老师。"肖海波带上了哭腔。

"别哭，过来帮忙。"何宝聪娴熟地使唤他。

"这是什么？是您录的吗？"肖海波擦了擦眼睛。

何宝聪顺着他指的方向一看，是山一样的老式磁带盒，堆了整整齐齐的一面墙。

"大部分是我爷爷录的。"何宝聪说。

房间里塞满了磁带、光盘，两台巨大的音箱默默地靠在墙边。书桌上摆着一台样式奇怪的设备，有很多按钮，还有两个旋钮。

"这是什么？"肖海波依旧好奇心过于旺盛。

"收发机。"何宝聪幽幽地说。

"这能做什么？"肖海波想触碰，但何宝聪伸手将他拖走了。

"好奇心会害死猫哦。"何宝聪说。

肖海波成为多年来第一个深入了解何宝聪的事业的人。

何宝聪的事业，表面看起来就是搜集各种音乐。

搜集什么音乐？为什么要搜集音乐？怎么搜集？肖海波脑海里的问号快把他撑爆了。

肖海波终于把何宝聪缠得烦了，给他讲了讲发报机的用法。

"这么说，您自己建了个无线电台？然后发送您搜集的音乐？"肖海波睁大了眼睛。

"你这个孩子，私自建电台可是违法的！我就是业余爱好者！别把眼睛瞪着，知道你眼睛大。"何宝聪一巴掌拍他脑瓜上。

何宝聪找了辆人力三轮货车拉他的全部家当。那些磁带占据了车斗的大半空间，组成层峦起伏的山脉。破旧的旅行包被压在最下方，委屈地露出一个角，好像被镇压在五指山下的孙大圣。

肖海波站在校门口，眼睛红红的。

何宝聪骑着三轮车，奋力地攀爬校门口的小斜坡。白衬衫湿透后背，印出肩胛骨的线条。他脖子抻着，喉结动了动。车很慢。

"滚回去上课吧。"何宝聪说。

肖海波远远地瞧着。何宝聪好像背着磁带山的长脖子乌龟。三轮车嘎吱嘎吱，把阳光碾碎，地上扬起金色粉尘。那只乌龟在金色波涛中，游向未知的彼岸。

## 2

是谁说过，命运的吊诡之处在于其出其不意？

肖海波长了三岁，胡楂悄悄冒出头，将少年人的脸点缀得沧桑又古怪。这个年纪处在将要成人的边界，对生活既愤怒又恭顺。这个燥热的夏日，肖海波在朋友的怂恿下，走进了街角一家破旧的出租录像带小店。

墙上贴满了各种光碟的封套。几排生锈的铁架子上堆满了厚厚的光碟盒。最里头的墙仿佛是黑色的，像镜面一样闪着微光。他装模作样地研究了一堆恐怖片，眼神却瞟到后面墙上贴的海报上——一个全裸的姑娘正冲着他笑。

"租什么？"店铺深处传来一个鬼魅般的声音，悄不可闻。肖海波浑身一激灵。

"这个……"他指了指某部封面鲜血淋漓的韩国恐怖片。

"还有……这个。"肖海波又指了指贴在墙上的海报。

"哼，你成年了吗？"守店人慢慢地从阴影里走出来，语气里有某种很熟悉的油滑。

肖海波的脸色变了。他控制住夺路而逃的冲动，抬头看了来者一眼。

是他。

不像他。但是，是他。

肖海波没想过会再次见到何宝聪。何宝聪跟过去不一样了，他胖了一些，穿着破旧的汗衫、大裤衩，手里拿着一把蒲扇。很难想象他穿笔挺的白衬衫的样子。他整个人皱皱的，只有眼睛很亮。正是这种熟悉的目光让肖海波认出了他。

"何……老师。"肖海波不知道是出于羞赧还是害怕，最后两个字微不可闻。

"再叫何老师，就别想在这儿租碟子。"何宝聪佯装生气。

"聪……哥。"肖海波憋红了脸。

"乖。"何宝聪满意地说。

他在柜台里翻找了一下，递过来一盘光碟："这部片子有点恐怖，别一个人看。"

肖海波呆呆地接过来，他卡壳了。

何宝聪敏锐地说："还不走？你想啥呢？18岁再来。"

肖海波以迅雷不及掩耳之势冲出了店门。

他发誓再也不来这家店了，哪怕那些杀千刀的朋友嘲笑他，或要他赔租光碟的押金。赔呗。

拿回去的韩国恐怖片，他不想看。朋友们更不想看，他们原本要租的就不是这部。

"不还了。"肖海波决定。试问，哪个年轻人能扛住这种压力，再次走进店里？

他把那盘象征耻辱的光碟藏进抽屉深处。

没想到何宝聪很快找上门来了。

肖海波下了晚自习，忽然发现何宝聪在路边等他。他不由得两腿打战，以一种赴死的心情走了过去。

"上次租的碟子，你看完了？"何宝聪似乎有点焦急。

"没呢……没找到人一起看。"肖海波说。

"哦，我拿错了。你还给我吧。"何宝聪说。

忽然，肖海波的脑海里出现了一丝灵光："你拿错了？你在里面刻了什么？"

何宝聪有点泄气："你别管。"

昏暗的路灯下，何宝聪比上次在店里看着要苍老一些，衣服上的褶皱似乎也更多。

肖海波长高了一些，他几乎能平视何宝聪的眼睛了。

他试图笑一笑。然而，他嘴角刚翘起一厘米，何宝聪就立刻把脸一板。

"不是你想的那种。赶快还给我。"

肖海波拔腿就跑。

何宝聪紧追不舍。两个人在放学的人流里钻来钻去。

肖海波冲进宿舍，以为楼管会拖住何宝聪。然而人流量太大，楼管没注意。何宝聪堂而皇之地跟随他进了宿舍。

"光盘丢了。"肖海波喘着气说。

"那你跑什么？"何宝聪咧着嘴笑了。

何宝聪一步一步逼近，肖海波向身后的桌子靠了靠。这细微的小动作没逃过何宝聪的眼睛。

"停——"肖海波终于受不了了，请求和谈。

"您告诉我里面是什么，我就把光盘还给您，行吧？"肖海波依旧按捺不住好奇心。

何宝聪沉默了一下。

"反正……您现在打不过我了。"肖海波一咧嘴。

"小兔崽子！你真觉得我拿你没办法？我认识你们班主任！"何宝聪毫不留情地敲了他一爆栗。

何宝聪积威仍在。肖海波服软了，把手伸进抽屉里摸索半天，摸出那个封面鲜血淋漓的光碟盒子。

何宝聪正要接，忽然，肖海波冲到窗边，把手臂伸了出去。

窗外是一条河。

"您真的不说吗？"肖海波扭头问。

何宝聪的脸绿了绿，话从牙缝里挤了出来："你会后悔的。有些事情，知道没什么好处。"

肖海波的好奇心简直要飞起来了，他一点都没听进去。

"里面是什么？"

"一段音乐而已。"

"是您录制的？"

"是。可以给我了吧？"

"为什么要录音乐？"肖海波忽然想起，何宝聪坚持录音乐很多年了。

"这是另一个问题。"何宝聪说。

这时候，宿舍的其他同学回来了。他们看到何宝聪，以为他是翻进来偷东西的。为首的高个儿男生大喊一声："抓贼啊！"

肖海波吓了一跳。他手一抖，光碟消失在窗外。

"你干什么？！"何宝聪扑上去，骂了一句脏话，差点要从窗口跳下去。

肖海波吓得魂飞魄散，连忙拉住他。宿舍其他同学更分不清状况了，纷纷上前来拉住何宝聪，嚷着要将他送到保卫处去。

何宝聪单薄的小身板，哪能对付四五个青春期的男生？很快他就被反剪双臂压到地上。

"走！去学校保卫处！"高个儿男生指挥大家押送何宝聪。

何宝聪一副目瞪口呆的样子，没想到会被当作小偷。他明白自己说不清来意，只好用目光示意肖海波。

肖海波大概被何宝聪的不正经感染了，肚里冒出个坏苗子。他凑上去，小声说："何老师，对不起……"

"还不赶紧解释一下！"何宝聪的目光已经将他戳成纱窗。

"您得告诉我您到底在录什么音乐。"肖海波有点害羞地说。他似乎对自己的厚脸皮非常汗颜，却坚决地说出了要求。

何宝聪震惊地看他一眼，肖海波读出了那目光的含义——"从未见过你这样厚颜无耻的人"。

肖海波顶着他的目光和对自己良心的拷问，沉默了三秒。

不行就算了吧……肖海波暗自忖度。

就在肖海波决定帮何宝聪开脱的时候，何宝聪低声说了一句话。

肖海波嘴角一扬，赶紧说："这是我的一个大哥，他找我有点事情。"

"嘻，你不早说！"男生们半疑半信地停下了脚步。

"唉，他找我的事情比较麻烦……不过这个大哥是好人。"肖海波又解释了几句，才打消了舍友的疑虑。

## 3

两个人一起回到了何宝聪的影碟出租店。何宝聪似乎想揍他，又摇摇头，只说了句："有些事情，知道了未必是好事。"

肖海波永远被好奇心驱使，也不顾夜已深，毫不在意地坐在塑料小板凳上，听何宝聪讲他的故事。

"很多人都说我是音痴。我不否认，好的音乐会让人上瘾。如果你真的听过天籁，你也会像我一样，这一辈子只追求最好的音乐。"何宝聪非常严肃。肖海波也不禁挺直了背。

"您听过的最好的音乐是什么？"肖海波问。

"在我爷爷那里听到的，是我非常小的时候。"何宝聪眼神放空，似乎沉浸在回忆里。

"接下来的故事，要从我爷爷那时候讲起。"何宝聪支着头说。

以下是何宝聪的自述：

　　我的爷爷当过兵，非常喜欢音乐。他曾经做通信兵的无线电收发员。后来，在一次战役里，他受伤了，引发高烧。战地条件艰苦，他便烧坏了嗓子。从那以后他就终日沉默起来。

　　复员后，他在无线电厂工作，成天揣着自己做的一个收发机小匣子，业余时间喜欢研究作曲，喜欢把自己作的曲子录下来。他很会吹口琴，也能拉一拉二胡。有时拉得还不错，有时就听不出音乐的感觉。有空的时候，他就钻到老林子里，漫山遍野地跑。

　　我还记得很小的时候，被他带去野外。草很深，夏天的虫鸣笼罩着我。爷爷在不远处的大石头上摆弄着什么。我就自己跑来跑去。忽然，爷爷带来的仪器放出了音乐，那是难以描述的音乐，不是我们熟悉的七音阶体系，却带着触动生命的韵律。原始，古老，苍凉，有生命力……几十年了，我一直忘不掉那段音乐。那就是天籁吧。

　　我困了，就躺在草上睡觉。醒来的时候，已经被爷爷背回了家。

　　爷爷摆弄的这些东西，谁都不知道是什么。他也不许别人碰。只是我偶尔缠他玩耍的时候，他会抱着我，让我看一会儿。家里人都觉得爷爷是个怪人。

　　后来我渐渐明白，爷爷是在用无线电发射什么，并且，他也有规律地收到信息。

但是爷爷不会说话，我也没法问清楚。

后来有一天，爷爷再也不带我玩了。我很委屈，但小孩子的新鲜花样很多，我便转移了注意力。渐渐长大后，我也不再关心爷爷的秘密。

我二十岁的时候，爷爷去世了。他的工作间被封了起来，谁都不想打开，因为里面实在是太乱了。

后来，爷爷的老房子要拆掉了。大家派我去收拾："看看有什么还能用的，别的都扔了。"

我特别烦这件事。磨磨蹭蹭地，打算都给扔了得了。

那天我推开门，一排排整齐的磁带几乎堆到了天花板。于是，我第一次了解了爷爷不为人知的伟大事业。

那些磁带可以粗略分为以下三种：

第一种，封面潦草地写着编号和日期。里面都是爷爷自己录下来的声音。有一些是爷爷自己创作的，有一些是他在别处录下来的汽车声、火车鸣笛声、烟花声、锁门声、工厂机器轰鸣声、风雨声……

第二种，每一盘磁带上写着一句话，都很短。例如，"你好。""我是何志强。""这里是中国。""你在哪里？"……

哦，何志强是我爷爷的大名。

第二种磁带，里面是爷爷精心编制过的声音，有乐器演奏，有风雨声、人声、嘈杂声等，但能听出一定的节奏和规律。每一盘磁带记录的声音长度不一，短则几十秒，长则三五分钟。

第三种磁带，里面存储的声音则更奇怪，完全不属于我们熟悉的七音阶的体系，类似于蜂鸣声或机器声，有的很像噪声，但隐约有一些规律性。有的仿佛是机器人在讲话，一连串爆破音。而且，可以听出，不止一个声道，一般两到三个声道交织出现。不知道爷爷是从哪里录的。磁带背面贴着卡片，有的写了一句话，有的写了很多句，有的则空着。

我在工作间里四处寻找，翻到了爷爷留下的一大摞工作日记。

爷爷的工作日记，记载了他二十多年来的事业。

我熬了好几个通宵，才翻看完爷爷二十年的工作笔记。里头的内容简直令人匪夷所思，而又真实地存在于我面前。

爷爷——通过无线电与某位神秘朋友联络。

联络的工具就是音乐。

首先，要接受一个观点：音乐可以是一种语言。曾经，法国小提琴家弗朗索瓦·苏德勒发明了索来索语（Solresol）。它拥有基于目前通用的七音阶的七个音节，能够被写成乐谱，被歌唱或演奏出来。字词按其首个音节或音符分成不同种类的意思。

爷爷自己摸索多年，在跟神秘朋友的交流中，创造了只属于他们两个人的"音乐语言"。

那是一个非常复杂的音乐表达系统。爷爷的笔记里详细记载了其中一部分内容。

……

为什么是音乐？为什么不用人类语言？我也不知道。我猜想，那位神秘人并不是中国人，不会中文。我爷爷也没有掌握一门外语。所以，双方交流只能绕开普通语言了。

继续说吧。我当时非常震撼。这简直是一份史诗般的事业。用音乐创造语言进行沟通！听起来不可能吧。

但那些磁带就是证据。

第一种磁带，是爷爷录下来的音乐素材。他按照音乐语言的语法对其进行剪辑组装，就形成了第二种磁带。

第二种磁带里的音乐，翻译成文字，就是磁带表面记录的一句话。

第三种磁带，毫无疑问，记录了那位神秘朋友发给爷爷的音乐。同样使用了音乐语言的语法。

过了一段时间，我忽然想起，第三种磁带里录的音乐，很像我小时候在野外那次听到爷爷播放的音乐。可能节奏和旋律不一样，但音色很像。

于是，我开始尝试与神秘朋友恢复联系。

……


"何老师，后面怎么样了？你跟那位神秘人联系上了吗？"肖海波的眼睛亮得吓人。

"小朋友，我们下次接着讲。现在天都要亮了。快回去上课。"何宝聪因为讲了太多话，声音嘶哑。他懒洋洋地站了起来。

"不能告诉别人。"他又加了一句，"你下次休假，记得过来帮我干活。"

"干什么活？"肖海波小声问。

"你弄丢的那张光盘，我刚录好，准备发送出去。现在要重新录。"何宝聪冷哼一声。

\*\*\*\*

"那位神秘朋友，到底在哪里呢？"肖海波问道。

自何宝聪向肖海波吐露了自己的秘密，两个人就成了搭档，一起进行着何宝聪爷爷的伟大事业。

何宝聪教肖海波学习那种音乐语言，又给他讲解神秘朋友发来的信息。两个人渐渐发现，爷爷笔记里记载的内容，只能解读神秘朋友发来的一部分声音。另一部分，仍未知其含义。

信息的收发，全靠爷爷留下来的一台收发机。说来奇怪，无线电的频率资源属于国家，个人私建电台是违法的。但爷爷与神秘人交流了多年，平安无事。

可能因为通信频率太低。爷爷发一次信息，要过七八个月才能收到回信。一年多则收到两条回信，少则收到一条。

后来，何宝聪研究了爷爷留下的收发机，还做了某些改造，但他看不明白。通信频率已经设置好，他只要按发送键就行。

总之，这台收发机是唯一能联系上神秘朋友的设备。

\*\*\*\*

那位神秘朋友在哪里呢？肖海波无数次设想。

肯定是个外国人，因为语言不通，才会用音乐来交流吧。

这个问题的答案，直到何宝聪发现了爷爷最早的记录才见分晓。

何宝聪推导了爷爷和神秘朋友交流的最初情况。

爷爷发送了一段音乐。过了一段时间，他收到了一段音乐回信。音色变了，但曲调和爷爷发出去的差不多，应该是用别的方式录了同一段乐章。

爷爷将其视作一种回应，于是发送了第二段音乐……

渐渐地，神秘朋友领会到了其中的含义，学会了这种音乐语言。

这个过程非常漫长。爷爷花了二十多年，才与另一端建立起比较稳定的沟通。

不过，随着交流的时间越来越长，神秘朋友的信息也越来越容易理解——就像何宝聪也慢慢地学会了这套"音乐语言"。

何宝聪将爷爷和神秘朋友的最早沟通整理成文字，给肖海波看。


1975 年：

"你好！"

"你……好……"

1976 年：

"我是何志强。"

"强志何是我。"

"我在中国。"

1977 年：

"我……在中国。"（省略号处的含义不能解读，可能是"不"。）

"你是谁？"

"？谁是你"

"你好。我是何志强。"

……

1981年：

"我在地球。我是人类。"

"我不在地球。"（神秘朋友终于掌握了一些音乐语言。）

"你在哪里？"

"我不在哪里。"

……


看到此处。肖海波悚然一惊。他与何宝聪交换了一个眼神，彼此心下了然。

那位神秘朋友在哪里呢……

"所以说，外星人这种生物，可能你这一辈子也遇不到，也可能明天就出现……"肖海波说了一句话。这是何宝聪曾对他说过的话。

何宝聪尴尬地笑了笑。

爷爷与神秘朋友的沟通记录，主要内容是，两位音乐爱好者跨越宇宙，以音乐语言探讨音乐。

那位神秘朋友也很喜欢音乐。他将其称作"谐率"，就是有规律地振动。爷爷告诉他，在地球上，音乐是一种精心组织的声音，并将其排布在时间和空间上的艺术，是人类表达精神活动的形式之一。

神秘朋友发来的音乐与地球上的不太一样，音调模糊难辨，因为音符之间是连绵不断而平滑的过渡……但仔细分辨就能察觉出其极为复杂的声部和曲式。这让熟悉七音阶的地球人非常新奇。神秘朋友也会模仿地球的音阶体系，音色却不稳定，犹如不断闪光的水面，每一滴水都不是那个颜色，但混合起来却达成了一种奇妙的统一。

何宝聪独自与神秘朋友沟通了七年，然后肖海波加入。

"我们还要继续和他联系吗？"肖海波惴惴不安地问。

何宝聪看了他一眼。

为什么不？

肖海波好奇心非常强。

其实，何宝聪也是这样的人。物以类聚。

好奇心，是人类前进的伟大动力。

只是，他们尚不知道，好奇心带来的不只是希望，也有灾难。


## 4
~


肖海波在逼仄的巷子里绕来绕去，半天也没有找到何宝聪的新家。

烈日灼烤着年轻人的耐心。他掏出手机来，想给何宝聪打个电话。电话里传来"您拨打的用户已关机"。哦，前两天，何宝聪把手机摔坏了，给他发了个地址，就联系不上了。

一贯平和的肖海波也有点焦躁。自上大学后，他离开家乡，便很少帮何宝聪干活了。这次，似乎是因为音乐比较复杂，何宝聪操作不了现在的剪辑软件，请他回来帮忙。他又说自己搬了新家，发了个新地址过来。

肖海波第十五次走到巷子中部，终于看到一道不起眼的狭小缝隙，勉强能把他塞进去。他终于拐对了。

"聪哥，您怎么搬这里来了？"肖海波满头大汗。

何宝聪眼角有了细纹，他不好意思地说："上个月出了点小意外，店里着火了……"

"啊？您没事吧？损失严重吗？"肖海波吓了一跳。

"我没事。就是店里的影碟都烧了……"何宝聪皱起眉头。

自互联网发达之后，那家影碟出租店生意就不行了。平时的顾客大多数为不会上网的大爷大妈。老板早有关闭店面的念头，正在商谈中，结果，何宝聪不小心把烟头扔在角落里，引起了火灾。

店铺一时半会儿盘不出去了。何宝聪赔了老板一笔钱，工作也没了，他只好搬到房租便宜的地段。

肖海波喝了一杯水，擦擦汗，道："聪哥，我帮你找找工作吧。"

"不用。现在请你帮我剪辑一下素材。我做了一段很长的音乐……"何宝聪连忙说。

肖海波听何宝聪讲了与神秘朋友的往来现状。

目前收到的最后一条来信的内容是："宇宙里只有你能听到？"

何宝聪回复道："这就是知音。"

"什么是知音？"

"这就要从'高山流水'的故事讲起。"

"'高山流水'的故事？"肖海波确认道。

"对。我打算录一段音乐，讲俞伯牙和钟子期的故事。"何宝聪幽幽地叹了口气。

何宝聪播放了已经录好的几段素材。

前奏响起来，肖海波则静静地倾听着这清婉的乐声，分辨其中只有他二人明白的含义。曲调的音符组成了一个个汉字，这是一个被音乐编码的中国故事。

伯牙善鼓琴，钟子期善听。伯牙鼓琴，志在高山，钟子期曰："善哉，峨峨兮若泰山！"志在流水，钟子期曰："善哉，洋洋兮若江河！"伯牙所念，钟子期必得之。子期死，伯牙谓世再无知音，乃破琴绝弦，终身不复鼓。

"有《梁祝》的味道。"肖海波评价说。

何宝聪忽然说："你说，他是怎样演奏音乐的？"

肖海波望着天花板。

也许，他生活的那颗星球，也有各种乐器。他也像何宝聪一样，揣着小录音机到处游逛，把遇到的声音都录下来，然后编辑、组合……最后发射到茫茫太空。

"我最近总是做噩梦，梦到不祥的事情。"何宝聪正色道。

肖海波这才发现他的黑眼圈，如阴影般浓墨重彩地涂在他脸上。

"聪哥，您最近太累了。好好休息吧。明天我给您买部新手机。"肖海波说道。

"我总感觉有什么不对劲……"何宝聪喃喃地说着。

<br>

**＊＊＊＊**

<br>

距离发送"知音的故事"已经过去了两年。肖海波即将大学毕业。

何宝聪经人介绍，回到西河初中……当清洁工，住在学校操场旁边的一间三人宿舍。另外两张床空着，何宝聪就把他的家当塞得满满当当，继续完成他和神秘朋友的沟通事业。

何宝聪发出去三条信息，收到了以下四条回信。

第一条："原来如此，这就是知音。"

第二条："茫茫宇宙，知音难觅。"

第三条："知音应当相聚。"

第四条："我来见你，带着音乐。"

肖海波拿着电话，一脸便秘的表情："他要来见……你？"

实在是令人匪夷所思。

没想到地球人第一次接待的异星来客，竟然还是位笔友。不，应该是网友。

何宝聪沉默不语。在他的直觉里，总有什么不对劲。

"聪哥，您说外星人长什么样啊？您说我们会不会被政府监控啊？外星人要是被捉去研究了怎么办？"肖海波的脑电波总是这么发散。

"他真的来了。"何宝聪凝重地说。

"您怎么知道？"

"收信的间隔越来越短。"

前两条信息间隔了八个月，第二条和第三条则间隔了七个月。第三条和第四条只间隔了六个月。

肖海波也收敛了神色，不知道这里程碑式的与外星生命的接触会带来什么样的影响。

事实上，如果不是肖海波偶然发现，也许地球已经不复存在。

＊＊＊＊

没过几天，肖海波在电器商场买耳机。他无意中看到了电视机上的画面，忽然变了脸色。

他掏出手机给何宝聪打电话，说："聪哥，仔细听。"

肖海波对着电视屏幕举起手机。

电视机声音很大，清晰地传到了手机另一端。

"……本台讯，距离地球两光年处一颗行星爆炸。天文台捕捉到其爆炸全过程，并拍摄了视频。这是人类第一次拍摄到如此清晰的行星爆炸的过程……"

新闻不停地播放行星爆炸的视频，其中还录下了行星爆炸的声音。那段声音很独特，独特到何宝聪和肖海波立即有种似曾相识的感觉。

何宝聪正拿着一把巨大的笤帚打扫操场。他凝神静听，久久不言。

从他的呼吸声中，肖海波知道他明白了。

"聪哥，这个声音！这个声音！"肖海波对着手机大叫。

没错……神秘朋友发来的某条音乐短信的结尾就是这个声音。虽然信息经过修饰，但整体的节奏和音调变化确实如出一辙。

何宝聪手忙脚乱地回宿舍翻他的录音备份。

是了。正是两年前，神秘朋友对《高山流水》的第一条回复信息。

何宝聪骂了一句脏话。

一直盘旋在何宝聪心头的阴影终于散了。真相的轮廓呼之欲出。

这位神秘朋友，是一位行星演奏家。

炸毁行星是他演奏音乐的方式。

而这位朋友离地球越来越近……

肖海波浑身的血液都凝固了。他的意识飘得很远很远，在宇宙的尽头。

他仿佛看到一阵风吹过。不，那不是风，那是一个意识、一个生命行走的痕迹，所经之处，冰冷的行星绽开了炙热的光焰，迸发出无与伦比的壮丽乐章。

而这位行星粉碎者的目的地是地球。

何宝聪想到了一种更可怕的可能性。

"如果，他从来不是演奏家，也不是音乐家，这只是他的语言方式……"何宝聪喃喃自语道。

所以，无论在任何情况下，这位神秘朋友都不会放弃粉碎行星的行为，就像一个人类，不会放弃振动声带的行为。即使有一种寄居在声带上的微小生物因此而丧生，人类大概也会无动于衷。

只要他想开口交流，就会有行星丧生。

"他会不会毁灭地球？"肖海波走到街道上打电话。阳光炙热，他的心底却更加冰冷。

何宝聪沉思了一下，说："应该不会。他不会毁掉我们生存的地方。"

"可是……周围的行星，就不一定了吧？"肖海波哆嗦了一下。

两个人想到了可怕的场景。如果他毁掉了地球周围的行星，因为引力的改变，势必影响地球的公转轨道。而一旦地球偏离轨道，后果将不堪设想。仅仅是气候改变，就不啻为人类的灭顶之灾……

"唉，别杞人忧天。也许这一切都是我们的猜测。"何宝聪伸了个懒腰。他骨子里有种天生的怠懒，天塌下来有高个儿顶着。

"有什么办法阻止他到来吗？"肖海波自言自语道。

何宝聪紧锁眉头似乎在想什么。

忽然，地面晃动起来，蓦地，周围房屋也摇晃起来，整个世界都抖动起来。一时间，何宝聪竟分不清自己是在陆地上还是在波涛汹涌的大海上。

"地震了！"四周的声音似近似远。肖海波仿佛还听到沉闷的建筑倒塌的声音。通话戛然而止。

\*\*\*\*

一场强震震碎了这座小镇的安详生活。

满街的人都在奔跑，逃命，满面惊惶。

高层建筑从楼顶被劈成两半，形成一个苍凉的"Y"字。路上到处都是裂缝，犹如怪兽吃人的嘴。

何宝聪所在的西河中学，共有学生4000多人，年龄在12~15岁。他猛地丢下笤帚，向教学楼冲过去……

当肖海波再次打通何宝聪的手机时，强震已经结束，通信刚刚恢复正常，不时袭来的余震让人们依然警惕。

"聪哥！您怎么样？！注意安全啊！"肖海波焦急得不行。然而，从外地回去的路已经被封了。

何宝聪身边声音乱糟糟的，他对着手机说："海波，我知道你的担忧。我感觉……事情要交给你解决了。我曾经有种不好的预感，便想了一个计划，想切断与神秘朋友的联系。文件在我的邮箱里，你知道密码……"

忽然，一阵余震袭来，何宝聪脸色一变："教学楼里面还有个学生，腿被压住了……对不起……"说完就匆匆挂了电话。

手机里传来连续的忙音。

肖海波发现自己哭了。他似乎预料到了结局。

后来的事情他是听人说的。

何宝聪一共救出来11个学生。他最后一次进入教学楼之后一分钟，强力的余震席卷了学校。忽然，教学楼摇晃几下，顶层陷落了。接着，一层层天花板依次塌落……一瞬间，整栋建筑散架了，墙和天花板都垮塌了，只有几根柱子还立着。

不靠谱的小镇中年、吊儿郎当的音乐老师、外星生命交流爱好者、音乐语言唯三使用者之一何宝聪消失在世人面前。

"对不起……只能交给你了。"

这大概是何宝聪最后想对肖海波说的话。

5

地震过去一个月后，人们惊魂未定，但生活要继续，希望仍然在。因为地震发生在白天，而且城市里建筑比较牢固，所以只有少部分老旧建筑发生严重的坍塌。人们恢复元气的能力惊人。渐渐地，小镇恢复了正常的生活。店铺开始营业，城市开始修补重建。

只有肖海波知道，真正的危机尚未到来。

一场地震，已经让人们战战兢兢。如果地球被整个引爆，不知道又是怎样的灭顶之灾……

他受何宝聪之托，将独自应对这个巨大的危机。

西河中学的老教学楼坍塌得较为严重。遇难者包括学生8人、教师1人。整座楼变成了废墟。救援队也无法挖开那些水泥板，只在废墟上撒了一层厚厚的消毒粉，像一场夏天的大雪掩埋了这个悲伤的故事。

肖海波就坐在废墟边，摆弄着那台老式收发机。现场被围起来，禁止入内，但晚上没人管。

他想离何宝聪近点，连收发机也是。收发机是他从何宝聪的教师宿舍里扒拉出来的，竟然没有被地震中倒下的家具砸坏，真是奇迹。可是一直发不出信息。肖海波便把它拿到老教学楼的废墟边，这里没有遮挡。

果然，机器似乎可以正常工作了。

深夜11点半，肖海波靠着警示牌坐下。他似乎忘记了自己深夜身处于一个灾难现场，忘记了那残破废墟的阴森气息。

他戴着耳机，一遍又一遍回听将要发出的音乐。

"别了，知音。当你收到消息时，我已经去世。我们再无相见之日。"

这段音乐后面，他加上了何宝聪谱写的《高山流水》的最后一段。

"……子期死，伯牙谓世再无知音，乃破琴绝弦，终身不复鼓。"

这就是何宝聪留给肖海波的计划。

阻止神秘朋友炸掉地球的办法，就是让他放弃创作音乐。

第一步，告诉他关于"知音"的故事，让他理解伯牙和子期；第二步，告诉他，"子期"去世，如果你认为我们是知音的话，那就……

这个计划布局已久。何宝聪也不确定神秘朋友是否会危害地球。如果无妨，那就不做第二步。

现在，由于何宝聪意外死于地震，第二步就交给了肖海波。

也算是一语成谶。

肖海波完成了最后的确认，发送。看不见的电波飞向了茫茫宇宙，带着一个少年的全部希望。

"聪哥，您不知道，大家都在谈论，终于可以修新的教学楼了……"肖海波望着星空，喃喃地说。

很快，人们会忘记何宝聪——这个微不足道的学校清洁工。

这个世界，只有肖海波和遥远的神秘朋友惦记着他。

不知不觉，肖海波泪流满面。

神秘朋友会按照他们的计划，不再创作音乐吗？

不一定。

也许他们的推理有错误。也许他们其实不理解神秘朋友的想法。也许……

算了。肖海波摇摇头。

"何老师，我尽力了。"他跪下来，对着废墟磕了个头。

## 尾　声

隙中驹，石中火，梦中身。

肖海波已经记不清何宝聪的长相。他只记得他瘦高的模样，走路摇摇晃晃。

六十年来，那台老式收发机再未收到消息，不知道它是不是坏了。

而他也已经满头白发。

"爷爷，我给您背诗。"小孙子爬上他的膝盖。

"好啊。"他不再看桌上的收发机。

"独坐幽篁里，弹琴复长啸。深林人不知，明月来相照。"

"深林人不知……人不知……"肖海波重复着这句。

"音乐家最害怕什么？"肖海波似乎在问小孙子，又像在问他自己。

当然是没有知音。

# 喝掉
## 这"罐"书

XXX

# 序 章

我走进这家咖啡厅纯属意外。

最近连续阴雨，我出门却忘了带伞。忽然雷雨大作，我只好在街边躲雨，发现了这家不起眼的咖啡厅。

睡太晚果然不好，忘性大。我边想着，边抬脚走进店里，点了一杯咖啡等雨停。

老板看着35岁左右，又高又壮，胡子浓密。很少见到本国人如此蓄须。整个咖啡厅的气氛十分温馨。

"咖啡豆不错。"我轻呷一口。浑身暖洋洋的，湿透的鞋也在干燥的室内慢慢变干。

"我研究咖啡快二十年了，"老板一板一眼地说，"什么样的咖啡豆没见过？你看那面墙。"

我回头一望，一面墙上全都是各种咖啡豆包装袋。另一面墙上的架子则摆着一排排颜色各异的咖啡豆。

"哦？哪一种最好喝呀？"我随口问道。

"我已经十年不喝咖啡了。"老板露出一个龇牙咧嘴的微笑，表情神秘莫测。

"原因呢？"我当记者的敏锐神经立刻捕捉到一丝蛛丝马迹，悄悄将右手伸进背包摸笔记本。不喝咖啡的咖啡店老板，有意思。

"因为我神经衰弱很严重。"老板说了一个常见的理由。

后来几天，我每天都会去买一杯咖啡，跟老板聊几句。一来二去，我们变成了熟人。

"我以前是个作家。"老板知道我是记者之后说。

"现在呢？"我好奇道。

"咖啡店老板。"他微笑。

我是个咖啡重度依赖者，很快将店里的品种都喝过一遍。我不满足了。

"还有别的品种吗？隐藏菜单？"我不停追问。

"嗯……有一些正在开发的品种。"他犹豫地说。

"让我试试吧。"

"还没开发好呢。"老板低下头。

## 提神饮料

又是一个焦虑的早上。我手里的专题要截稿了，但我才写完一半。通宵过后，我扑在咖啡厅的桌上，疯狂地扯头发，一个字也写不下去。

"老板，给我来一杯特浓……"我有气无力地喊道。

"你已经喝了三杯咖啡，别喝了。"

"这个专题写不出来，我会被主编开除的！"我喜欢迟到、翘班，若写不出好东西，主编不会放过我。

老板端来了一杯奇怪的绿色饮料："唉。试试这个吧。不过，提醒你，有风险。"

"这是什么？"

"独家特调提神饮料。"老板淡淡地说。

"有什么风险？总不可能是毒品吧。"我半开玩笑地说。

"比毒品更可怕。"老板毫无起伏地说，仿佛讲了个一点也不恐怖的冷笑话。

我在继续敲键盘和喝奇怪饮料之间，选择了喝饮料。

味道还行。

"我以为是薄荷饮料。"我咂咂嘴，"没想到是蜂蜜味。"

咖啡厅里歌声低吟浅唱，旋律收放犹如宋体字的弯折和衬线。那是一种复杂的螺旋上升的巴洛克式的音乐。我搔搔脑袋，一头毛，灵感依然无处可寻。

我有点困，意识模糊……我瘫在椅子上，感觉自己是一条毛毯，搭成松软的样子，无人问津，也不会被坐扁。

我是一条快乐的毛毯。我不禁哼起了歌，一首适合毛毯独自发呆的歌曲。恍惚间，好像我已经当了一辈子毛毯，每根绒毛都欢快地发抖……绒毛？我忽然反应过来，每根绒毛其实就是一个灵感啊！

现在我浑身都是绒毛！

我"嗷"地叫了一声，扑到计算机面前，开始打字。

现在我是一条快乐的打字毛毯。

我完成了本期专题，把文档发送给主编。简直不能更爽了。我又瘫在椅子上，感觉自己的绒毛随风飘荡，还不停地有新的绒毛长出来。天地间都是飘荡的绒毛……哦不，灵感。透明的泡泡似的，交织飞舞。

我嘘出一口气。这是天堂吗？记者眼里的天堂，莫过于一片不断长出灵感的土地、沼泽、毛毯……

老板看着我，忽然走了过来。我一阵紧张，难道他要把我坐扁？哦，他把我拎了起来，抖了抖灰又放回椅子上。

"好了，你缓过来了吗？"老板关切地问。

又过了三分钟，我感觉亢奋的大脑慢慢停了下来，漫天的绒毛归于沉寂……我感觉自己被折叠成了人形……不，我原本就是个人！

我回味了一下刚才的感受，这种饮料真神奇。

"感觉怎么样？"老板拍拍我的肩。

"这是什么饮料？很酷啊。"

"激发大脑进入心流模式的饮料。"老板说。

心流？我好像听说过，是指人进入的一种富有激情和创造力的状态，具有极高的工作效率。

"这种饮料比咖啡带劲。"我评价道。

"效力不稳定，持续时间短，"老板说，"只有十多分钟吧。"

我翻看刚完成的专题：十分钟敲了5000多字。啧啧。

"老板，你卖这种饮料肯定比开咖啡厅火。"我由衷地说。

老板想起了什么似的，语气依旧很平淡："独家秘方，不卖。"

此后，老板与我的关系仿佛亲近了许多。

后来我一直很想再点一杯神奇的饮料，老板却不给做了："人对这种饮料会产生耐受性，效力会渐渐下降。"

"不过我这里有个新产品，你帮我看看能不能流行。"

老板撑在桌子上，神秘地对我说。

"我想出售一种饮料……一种带来阅读快感的饮料。喝一杯，你就像读了一本世界名著，体会到其中的跌宕起伏：酸甜苦辣，喜怒哀乐，无所不包。第一批研发三种名著口味……怎么样，你可以帮我写一篇报道，宣传一下吗？"老板期待地看着我。

# 名著饮料

我立刻以记者的思维反问道："这种饮料有什么市场？人们为什么要买这种饮料？"

"可以获得阅读了一本名著的体验啊！那种沉浸的心情——"

"人们阅读，只是为了获得情感体验吗？"我嗤之以鼻。

老板忽然正色，一股压力袭来。我有点惴惴不安，难道我说错了？

"你不要觉得我在开玩笑。我这么说，源自我的亲身经历。"

老板清清嗓子。

我忽然来了兴趣。这个神秘的老板，终于要揭开他的过去了吗？我立刻掏出计算机，把他说的话记录下来。

老板叫黄岐。下面是我整理过的他的关于真实经历。


黄岐是学生物工程的，毕业后当了一个网文作家。那时候网文行业刚起步，勤奋一点的人，往往都能混出点名声。黄岐便在网络海洋中杀出一片天地，成为早期的知名网络作家。

（我好奇他的笔名。黄岐笑了笑，说："你肯定不知道，太早了。"）

网文作家基本都日更万字。黄岐知道自己天生适合干这一行。因为他的神经对咖啡因非常敏感，因而灵感爆棚……他每天只要喝大量咖啡，就能维持写作状态。

"那时候年轻，真的很疯狂，"他说，"疯狂地写写写，拿到分成，就去买各种咖啡。全世界没有我不知道的咖啡。"

黄岐喝遍了全世界的咖啡。但是，四五年后，黄岐发现自己即使喝再多咖啡，也没有效果了，他已经对咖啡因产生耐受性了。

黄岐不得不寻觅各种替代的兴奋剂，还去云南吃过野生菌子，但没有找到一种好的解决办法。

于是黄岐自己动手，研究各种兴奋剂的原理，自己调配药剂。这个阶段非常漫长，大概又是五年。他寻找了各种药物，并把它们混合在一起，形成刺激灵感和表达欲的灵药。

他可以控制药物的效果，让人哭，让人笑，让人悲伤、愤怒、麻木、心酸……根据当前写作进度的氛围，给自己调配。于是，黄岐的作品非常高产，而且质量好。读者说："完全被情感的旋涡拖住，跳不出来。"他还获得了一个称号——文字巫师。

我忽然想起了自己喝过的那杯提神饮料。嗯，老板真的神！

"可是，你知道吗，有一天我发现，自己的情感一点点失去了……"黄岐的表情变得凝重。

黄岐变成一个冷漠的人，好像这个世界跟他没有任何关系。他既不爱家人，也不爱妻子……那些药物曾经带来的汹涌的情感体验，如今看来，犹如提前烧光了他一生的情感储备。他的神经不再为那些细微的情感而颤动。

"你是不是压力太大得了抑郁症？"我下了一个大家都会想到的结论。

"不。我并不沮丧……也不想自杀……就是没有感情。"黄岐说，"如果说普通人的情感曲线是跌宕起伏的波形图，那我的就是一条坐标上的横线。"这是黄岐的神经对过量药物的脱敏过程。

"哇哦，好酷哦。"我拍拍手。

"一点也不酷。酷其实是一种嚣张的情绪。我那种状态就像是……变透明了，毫无存在感。任何事情都不能让我有反应。在房间里和桌子、椅子没什么区别，一个摆设而已。"黄岐苦笑了一下。

等等，他还会苦笑？

"你后来是不是恢复过来了？"我望着他的眼睛说。

"对……后来，我明白不能这么下去，但没办法。直到有一天，我老婆一定要跟我离婚，闹得特别凶，但是当时我都没有伤心的感觉。之后，我咬咬牙，决定无限期隐退网文界……真的把牙咬碎了，那时候我的每一本作品都有千万阅读量，我绝对算顶级的网文作家了。"黄岐见我不相信，异常认真地说。

不吃那些药之后，黄岐又花了好几年，逐渐恢复正常了。好在他不太缺钱，只是生活很无聊。想起离婚的妻子，他天天睡不好觉。

"然后，我就出来开咖啡厅了。人总得做点什么吧。"黄岐说。

他在调配咖啡的过程中，忽然想到，其实读者追求的阅读快感，跟他写作时候的感受差不多。写紧张情节的时候，他也紧张；写悲伤情节的时候，他也会哭得停不住……

如果阅读快感也可以被量化分析，比如几分悲伤、几分快乐、几分惆怅，那么，他可以把引起各种情绪的药物调配在一起，喝一瓶就相当于体验了一本书。

"还可以按时间顺序来，先小高潮，然后升级，最后大高潮，每个事件的体验都依次发生，像香水那样嘛……前调、中调、后调。"黄岐眉飞色舞地说。

"我为什么要买这种饮料，而不去看书呢？"我嘴角抽搐地问。

"都是为了获得体验嘛。一本网文几百万字，你吭哧吭哧看一个月，一瓶饮料，几分钟，就全体会完了。哪个更有效率？"

"读者又不是只为了情感体验，书籍还有传播知识、教化等功能呢。"我依然不为所动。

"我换个说法。欣赏音乐你知道吧，尤其是古典音乐，并不包含文字，传达的可能也是一种感受、一种情绪。那你说，为什么那么多人喜欢贝多芬呢？"黄岐说。

"贝多芬的音乐表达了他不向命运屈服的勇气和积极向上的生

活态度。"我立刻背诵出标准答案。

"对啰。我用一瓶饮料，让人感受到这种感觉，有区别吗？大家依然会被触动。我也不是做教材，这方面的书我就不管啦。"老板一摊手。

好有道理哦，让人无言以对。

"……还有别的原因吗？"我始终没有下定决心帮黄岐一把。

"我没钱了。我休息了这么久，咖啡厅也不赚钱。我这些咖啡豆都是原装货……"黄岐嘀咕着，开始心疼他的进口咖啡豆。他埋着头的样子，很像在树下埋蜂蜜罐子的可爱大狗熊。

我终于被这个理由击中了，决定帮助他。正好我手里还有一篇专题任务没完成，可以以阅读为主题，探讨一下阅读到底给人什么收获，顺便把老板的创新成果写进去。

我隐约感觉，这个报道写出来，一定会火爆，今年年终奖一定能多拿点，以后翘班也更加有底气。


## 饮书斋


"你用的原料都是合法的吧？"我不放心地问道。

"绝对是合法的，你放心。我自己用过的。"老板笑着说。

我的表情凝固了一下。你把自己搞得那么凄惨……这是要坑谁呢?

"当然会调节浓度,稀释几倍,我找了师弟的实验室合作,他们是专业的,会控制药物比例,尽量使用天然食物来达成效果,调节情绪的药物只是辅助……比我之前自己用的要安全得多。只提供体验,不危害健康,就跟茶叶、咖啡差不多的水平……红牛,你知道吧,刺激程度跟红牛差不多。"老板吹嘘着他的发明,"你看,我们通过了中饮标的安全饮品认证。"

说着,黄岐拿出一个玻璃瓶,里面透明的液体在灯光下仿佛撒满了碎金,镀上了一层梦幻的蜂蜜色。

"这是我们研发的第一款名著饮料——'简·爱'。我们觉得,名著的接受度应该比较广泛,有格调,有知名度。你尝尝?体验过才好写感受嘛。"

给一个大男人喝以爱情为主题的名著饮料好吗?我捂着额头,非常不想告诉他,其实我小时候看过这本书。太羞耻了。谁让《简·爱》一直名列中小学生推荐阅读书目之中呢?

我看了看老板的"安全饮品认证书",心想,如果有问题,就给他们打电话。

然后我小心翼翼地喝了一小口,嗯,入口有点辛辣,是生姜吗?回味有点苦,有点甜,很像炒苦瓜的味道……

我还在咂摸,老板说:"你要在五分钟内喝完,不然量不够,作用效果不明显。"

好吧,我端着瓶子灌了下去。味道比较独特,但能接受。喝完之后,我将空瓶放在桌上,坐在椅子上等效果。

忽然,我的心情变得低沉和愤懑,接着过渡到茫然。心情一跌到底。我摸了摸自己的脸颊，回想故事情节。哦，简·爱小时候住在舅舅家，舅妈和表哥对她不好，把她送到孤儿院去了……忽然我有种错觉，感觉自己就是孤儿院里一个孤单又倔强的小女孩。

情绪忽然又改变了，小女孩仿佛一夜间长大。哦，简·爱成为家庭教师，遇到了罗切斯特先生……新婚之夜，她发现楼上的疯女人其实是罗切斯特先生的妻子……我的心情像坐了过山车，那个跌宕起伏。渐渐地，悲愤之情纾解了，内心寻回了宁静。简·爱离开了，去一所小学任教……渐渐地，情绪开始上扬。简·爱发现收留她的牧师是她的表兄，并收到了去世的叔父赠予的一笔遗产。最后简·爱得知罗切斯特先生的妻子放火后坠楼身亡，他本人也因伤致残……简·爱回到了罗切斯特先生身边，两个人终于一起幸福地生活……哎呀，这种幸福的心情简直让人肝颤。连我这个大男人，代入简·爱的心情，也觉得非常受感动。

我仿佛用简·爱的眼睛看到罗切斯特先生，带着情人眼中的光环，那么迷人……不，打住。我是个男的。

"太感人了。"我擦擦眼泪。老板在旁边看着我笑。

"是不是很过瘾？就像短短几分钟体验了别人的一生。"老板得意道。

"什么？短短几分钟？我还以为得看一部电影那么长呢。"我惊讶道。

"嘿嘿，时间短，感受才浓烈啊。余味你可以回味一整天。"老板说。

"牛！苟富贵！"我比了个大拇指。搞不好老板真的会发家。

"我计划一个月内开发10种名著饮料，主要是根据剧情调整配方。"老板搓搓手指。

老板并不打算弄成可乐那样在超市和便利店批发零售，人们并不会重复地购买一种名著饮料。他打算以开书店的方式销售。将现在的咖啡厅改造一下，店里陈列的不是书，而是各种名著饮料。

"你这是伪装成书店的咖啡厅，还是伪装成咖啡厅的书店啊？"我问他。

老板开心地笑了笑。

\*\*\*\*

黄岐的咖啡厅，哦，现在是"饮书斋"，重新装修营业后，火爆了一段时间。当然，我的报道功不可没。在报道中，我不好直接推销黄岐，甚至略微贬低。毕竟传统媒体的读者年龄偏大，我们主编更不会支持推销产品。但有曝光度就是好的。我又私下里联系了几个微信公众号"大触"，帮忙推销了几次，引起了各种转发评论。网络时代就是这样，红起来那速度，简直连火箭都赶不上。黄岐对我非常感激，声称他以后研发的每一种饮料，都可以免费让我体验一次。

黄岐不卖咖啡了，我便换了一家咖啡厅，毕竟还要天天跟截稿日斗智斗勇。

某天我路过，看"饮书斋"里面拥挤的人群，年轻人居多。我走进去想打个招呼，却看到黄岐正在跟顾客吵架。

"这饮料我喝了心情好差！"那个男生生气地说。

"你喝的是'悲惨世界'，本来就是讲人与黑暗做斗争的过程，要经历苦难才能走向幸福……"

"这也太难受了，得抑郁症也比这感觉好！"

"人人都要承受苦难……关键是你要挑战生活。"老板说。

"生活已经够艰苦了，我是来找乐子的！"男生大声说。

于是，老板只好退钱给他。男生气呼呼地走了。

我走过去拍拍他的肩："哎，没事。有的人就是难伺候。"

"其实他不是第一个了……"黄岐忧伤地看着我，像一只沮丧的大狗熊。

"嘻，别管他。继续加油！"我安慰了他两句，便匆匆离开了。

# 危机

后来我忙起来了。又过了两个多月，我再次路过"饮书斋"，发现店里门可罗雀，冷冷清清。

不应该啊，按理说，黄岐的饮料产品还是很有卖点的，不至于这么快就过气了吧……

我抬脚走进去。黄岐可能在后面忙着，我便巡视店里的陈列。

"简·爱""绿野仙踪"这种还算口味清新。鲁迅的"孔乙己"和"阿Q正传"也算是必读"书目"……"老人与海"，挺好，想必是海风的咸味。"羊脂球""红高粱""活着""许三观卖血记""悲惨世界"……

"你来了。"忽然传来一个声音，是黄岐。

我回头一看，黄岐趴在柜台上，像一坨委屈的大果冻。这个男人心性赤诚，所有心情都写在脸上。

"这个月一共才卖掉五瓶饮料。"老板失落地说。

我知道他生意最火爆的时候一天能卖几百瓶。

"是因为你没有开发新系列吗？"我问道。这种产品就要不断推陈出新。

"我们每个星期都开发两到三款。"他嘟囔着。

"嗯……有几本名著，读起来是不是有点沉重？"我指了指某几本。

老板不解地将两手一摊："名著不是为了让人读得开心啊。虽然很多体验不舒服，但可以体验多样化的世界，引起思考。就像现代的艺术，并不是让你高兴，让你舒服，有的也挺阴暗，挺恶心的。"

"黄老板，我不得不说几句丑话……这种饮料的本质还是售卖娱乐给大众，太沉重的体验，大家可能不太接受。"

"好吧。我原本以为名著内涵丰富，知名度广，更容易被人接受呢。"

"嘻，说句不好听的，看名著的人，还是爱看书……愿意喝这种饮料的，还是喜欢猎奇和娱乐。年轻人嘛，静不下心来。喜欢激动、紧张、兴奋……你应该按网文的套路来开发饮料。"我说到这里，有点不解，黄岐以前不是知名网络作家吗，怎么不懂套路呢？

黄岐似乎有点委屈。

我们沉默了几分钟，都没有说话。

"难道你真的是抱着'阅读推广'的心态来开发饮料？"我忽然想到了什么。

"我……我说实话，我是真的热爱写作和文学。我很想让大家也领略到文学的美。文学作品里面不就是充满丰富的体验吗？不是爽文套路，但一定独一无二。"

"你对现在读者的要求太高了。那些主题沉重的书，当然也有人喜欢，但人数太少，你能卖几瓶呢？还是要冲着大众眼光去。"我最后说，"还记得上次要退钱的那个男生吗？他的想法代表了一批人。大家是来轻松愉快一下的。"

黄岐搓搓脸，低声说："我没钱了……资金周转不灵，来不及开发更适合大众口味的产品了。"

我领悟到了他的言下之意。估计这家伙已经在破产边缘了。

唉，虽然我没直接参与黄岐的事业，但前后也捧场不少回，索性送佛送到西。我走了几圈，想到了办法。

"之前卖掉的饮料，你登记过吧，卖得最好的是哪几种？"我问道。

黄岐调出了收银记录，看了一会儿，跟我说："卖得最好的是'傲慢与偏见''简·爱''飘'。"

我无语了，答案跟我想的差不多。

"你知道为什么吗？"我问老板。

"都是外国名著？"老板说。

"故事的主线都是谈恋爱啊！懂了吗？"我嚷道。

老板不好意思地摸摸脑袋。

"你以后只卖爱情类的书籍饮料吧。美好的、浪漫的爱情体验，才会有市场啊。要让顾客开心，好吗？开心至上！"我忍不住唠叨了几句。

"……行吧。"黄岐疲惫地搓搓脸。


## 恋爱饮料


很快，黄岐又重新装修了店面，招牌上五个粉红色的大字：恋爱体验馆。

真是闪瞎了我的狗眼。

琳琅满目的陈列都变了。店里布置得很浪漫。金色的铃铛垂在天花板下面，一堆堆松软的抱枕，沙发，双人卡座。隔着十米都能闻到一股恋爱的酸臭味。

店里只售卖三款饮料："欢喜冤家：从误会到相爱""独立女性手撕渣男""灰姑娘上位记"。

我无语地看着这奇葩的名字。老板真是小看不得，对网络风向的把握很到位嘛……

"等我资金回笼，我再开发一些针对男性顾客的饮料。"黄岐站在我身边说。

"后宫？你可不要太没下限哦。"我提醒道。有些底线碰不得。

"放心啦。我懂的。"黄岐拍拍我的肩，露出一个心照不宣的表情。

黄岐的生意又有了起色。天天前去消费的女孩络绎不绝。后来他开发了新系列，什么"霸道总裁""阳光警官""高冷明星"……有几个姑娘简直跟上瘾了一样，一天不落地上门。

"唉，我有时候也想不明白，天天来这里消费，怎么不去谈恋爱啊？"虽然这个主意是我出的，但我没想到这么火爆。

"谈真实的恋爱有那么好吗，还不是会吵架、会争执？不如喝恋爱饮料啰。追星也是这个意思了。"黄岐反过来教育我。

"黄老板，你该谈恋爱了。"我说。

"你怎么不去谈？"黄岐斜眼看我。

"你还爱嫂子吗？爱她就去追她，不要让自己后悔。"我有点克制不住，说了很多话。

"……给我来一瓶'我的野蛮女友'。"我说。

"没想到你喜欢这一款。"黄岐端上来一瓶，揶揄道。

我没有说话。一饮而尽。顿时肾上腺素水平飙升，真的有种恋爱的心情了。

之后，我开始哭。

大概我是唯一一个喝了恋爱饮料之后哭的人，黄岐特别紧张地看着我。直到一切效果烟消云散，我的心跳恢复正常。

"兄弟，你还好吧。难道是过敏？"黄岐一脸紧张。

"别管我。唉，其实都好久了……"我摆摆手。我的前女友就是野蛮类型的。即便分手好几年了，我偶尔还会想她。

黄岐好像明白了什么，也不说话了。

＊＊＊＊

后来，我发现我上瘾了，每天都要去黄岐那里喝一瓶"我的野蛮女友"。

爱情果然令人欲罢不能。

有一天，黄岐没有开店，我疯狂地捶卷帘门，大喊着："快开门！开门啊！"

几个形似疯狂的女孩跟我一起敲。

我给黄岐打电话。关机了。

这家伙是怎么了？人间蒸发了？

我什么也不想干，躺在床上茶饭不思地过了三天。

黄岐终于给我打电话了："兄弟，我被警察抓了。"

怎么回事？我一骨碌坐了起来。

"这饮料，上瘾。警察差点说我贩卖毒品……"黄岐委屈地跟我说。

我千头万绪，一时竟不知道说什么好。确实挺上瘾的，我自己就是证据，不怪警察叔叔。

不过黄岐确实没有贩卖毒品。我赶到警察局，折腾了一大圈，设法将黄岐保释出来。他精神萎靡了不少。

"算上各种罚款、赔偿，我破产了。"黄岐欲哭无泪地对我说。

我抱了抱他："都是我的错。你做得很好了。"

# 情书饮料

"恋爱体验馆"被警察查封了。黄岐的事业全毁了。他没说什么，但我知道他很伤心。

我感觉自己特别对不起他。

"我们重新做'饮书斋'吧。"我对他说，"我来出钱。"

黄岐摇了摇头。他有点心灰意冷。这时候最需要的就是家人、朋友的陪伴……

"嫂子现在在干吗？"我忍不住问他。

"离婚了，就没联系过。"黄岐漠然道。

"你还爱她吗？"我问。

"你说呢？"黄岐看着我，眼眶微红。

唉！

我忽然想到一个绝佳的主意。

"你快去打听一下嫂子在哪里。我帮你追回来。"我激动地说。

黄岐的前妻盈盈从办公楼里走出来时，已经晚上八点半了。影视行业果然很忙。

我拉着黄岐走到她面前，说："Hello! 你好，今天我们'饮书斋'推出试饮活动，邀请你品尝新款饮料——'我一直很爱你'。"

那个女孩看着挺年轻，她瞪大眼睛看着黄岐，似乎不知道发生了什么。

黄岐举起手里的瓶子。"千言万语，尽在一瓶中。你要尝尝吗？"他惴惴不安地问。我在略远处观察。盈盈的眼圈红了。有戏。

"我们的饮料可能比较独特，但是通过了中饮标的安全饮品认证……"黄岐给她看标志。

真是个傻大个儿。我在旁边握紧了拳头。

盈盈擦擦眼睛，说："我们聊聊吧。"

于是我们三个人进入一家咖啡厅。他们两个人在那边聊，我坐得远远的，等消息。

"你怎么还这么愣？！"盈盈的声音忽然变大了。看来黄岐跟姑娘说了最近的经历。我偷偷伸出头看了一眼，黄岐正垂着肩膀挨训。

两个人又说了一些什么。黄岐将那瓶饮料往盈盈身边推了推。

盈盈终于喝掉了饮料，放声大哭起来。黄岐站起来抱住了她。

看来成功了。我终于嘘出一口气。

黄岐特制饮料——"我一直很爱你"，是他爱的回忆录，回顾了他们俩的恋爱过程的点点滴滴，又陈述了他对盈盈的爱，盈盈只要喝了这瓶饮料，就能感受到黄岐对她的爱有多深。这是一瓶情书饮料。

"你这个骗子！只是公司研发的产品而已吧。"我听到盈盈在哭喊，她好像还挺警惕。在这饮料发挥效果期间还保持理智，她可真厉害。

"可是这一瓶真的是独一无二……按照我们的回忆制作的。这是我给你的情书啊。"黄岐结结巴巴地说着肉麻的话。

盈盈终于伏在他肩上小声抽噎。

当初离婚，是因为盈盈认为黄岐不爱她了。现在，黄岐证明他真的爱她。当然，盈盈声称还要考察一段时间。

挺好的。

后面就没啥可说的啦。

只有一件事：后来黄岐又有钱了，我天天追着他喊"苟富贵"。

他和盈盈复婚之后，由盈盈介绍，专门为演员制作表演专用饮料。

很多演员难以入戏。黄岐便改进了他的独门秘技，根据某场戏的氛围、情绪调配饮料，保证演员喝了饮料后立刻入戏，喜怒哀乐浑然天成。药物成分严格控制比例，只是完成一个"抛砖引玉"的功能，对健康基本无损害。

这下好了，演员再也不愁难以入戏了。

黄岐很快得到了演员的追捧。他又不缺钱了。

看来，坚持做自己是对的，没准儿哪天就"柳暗花明又一村"呢。

后来又有一天，黄岐说要感谢我，给我一笔财富。

我兴冲冲赶到他家里，他搬出一个大箱子，里面装满了各色饮料。

"这是啥？"

“一百瓶名著饮料。喏，有人向我定制名著饮料。我给你留了一套。”黄岐得意地说。

　　“说好的财富呢？！”我爹毛了。

　　“书中自有黄金屋。兄弟。”黄岐咧着嘴笑了。

# 数学课

# 1

幼儿园的大门打开了，孩子们拥了出来。如同宇宙大爆炸的那一刻，三至五岁的儿童一瞬间充斥着这个方寸之地。姚影看见一个缩小版的自己走了过来，她向他伸出手臂："儿子！"

那个孩子非常老成地向姚影挥手，有点不满地对她说："在外面请叫我蒋丰先生。"唉，还是一如既往地少年老成。真不知道这是遗传还是变异。不过，姚影和丈夫一致认为，绝对跟胎教有关。

蒋丰牵着妈妈，好像在沉思着什么。姚影打破了沉默："今天在幼儿园过得怎么样？"

他瞅了姚影一眼，平淡地说："唉，老师布置了一道微积分题目，得回去研究研究。"微积分！姚影虽然不是第一天了解如今幼儿教育的可怕之处，闻言仍十分震惊。她不安地问道："微积分？你上个月不是还在学习一元二次方程吗？怎么进度这么快？"要知道，姚影是上大学以后才学习微积分的，那时候，微积分是一棵挂满学生的大树，令无数大学生闻风丧胆。

蒋丰撇撇嘴："一元二次方程多简单啊，本来指望幼儿园就这样混过去了。谁知道李菁菁跑去问老师微积分的解法……"

五岁的蒋丰非常熟练地深深叹了一口气。姚影察觉到他平静的表情下的些微哀怨。这一代孩子真的太不容易了。

回家后，蒋丰匆匆吃完饭，就回到他的小书桌前研究那道题目了。姚影和丈夫坐在沙发上，望着他的小小背影，不禁又开始交谈："绝对是胎教的问题。"

****

姚影研究生毕业后与学经济的丈夫结婚，做着一份普通的工作。两年后，她发现自己怀孕了。在办理准生证的时候，那位胖胖的办事员貌似漫不经心地说："你要不要来一片药？"

"什么药？"姚影愣了一下。

"就是……增加孩子智商的那种药……国家马上要加深基础教育了……"她神神秘秘地对姚影说。

姚影想起来了。这个问题追溯起来，源于一篇论文。

大约是十年前吧，有一位知名教授发表论文，声称，如果不调整目前的基础教育体系，我们培养的高等教育人才将难以达到科学前沿发展水平。他在论文里提到："例如数学，目前学生学习的还是微积分、线性代数这些17世纪至18世纪的成果，我们已经进入21世纪了……基础教育被远远地抛在时代发展的后面。"随着科学技术的不断发展，尤其是近几十年来的爆炸式发展，基础教育也随之不断加深。这个过程是十分缓慢的。然而，这个教授呼吁教育部对当前的教育体系进行大规模的改变，加入更多前沿和高层次的内容，以适应目前科学技术发展对人才培养的要求。

这篇论文引起了广泛的研究和讨论。专家们质疑其论文的依据和可靠性。十几岁的中学生抱怨当前的课程已经很难消化，中学老师们抱怨基础教育的问题应该从幼儿园开始根植，教育局声称经费不足，家长们则批评道："让那些天才去研究高深的内容吧，我们的孩子只需要了解基础知识。"

那位教授又进行了一次深入广泛的调研，得出新的结论："一是基础教育应该从幼儿园开始改变。二是目前孩子们的自然条件还不能适应新的教学体系。"这个新的结论让一部分人嗤之以鼻：无论多么高明的教学体系，要是孩子们不能适应，那体系就完全没用啊。

原本这是一次纯粹学术性的研究，很快就风平浪静，淡出了大家的视野。没想到，几年后，有传言说国家将大幅调整基础教育的深度。普通资质的孩子学起来更吃力了。为了"赢在起跑线上"，很多母亲怀孕的时候会服用一些奇怪的药物来增加孩子的智商。

"真的有用吗？"姚影有点犹豫地问办事员。

"信不信在你。或者去做胎教呗。"见她没有要买的意思，办事员不再热情，公事公办地说。

姚影对吃药抱有天然的怀疑。如果几片药剂就能提高智商，那发明家绝对应该得诺贝尔奖啊。

"那还是做胎教吧。万一真的……呢。又没有副作用。"这么想着，姚影就打听了一下这件事。

姚影的同事小丁极力向她推荐一家妇幼保健院，就在姚影家附近，说那里几年前就开办了胎教服务。只要每周抽一个下午去做胎教，就能极大地提高孩子智商。小丁怀孕的时候去做过，现在女儿特别聪明。

"那是因为你老公是教授啊。"姚影认为遗传的原因占大多数。

"你和你老公也都是研究生毕业啊。反正又没有损失，去看看呗。"

有一天下午，姚影很想出去走走。丈夫陪着她出去散步，不知怎的就走到那家妇幼保健院门口了。除了产检，姚影一般不来这里。那就进去看看吧，她心想。

医生告诉姚影，胎教的服务很红火。这里的胎教与众不同，叫作"映像胎教"，不是听音乐，而是在肚子上绑一个小盒子，据说会发出电磁波。"把大量知识以电磁波的形式灌输给胎儿，会在孩子的潜意识里留下印记。以后孩子上学的时候会觉得似曾相识，学习的效率将很高。"陈医生这么解释，"同时刺激孩子的大脑，提高了活动的速度。"

姚影明白了："就是对着孩子耳朵不停地说：'牛顿运动定律第一定律：任何物体都要保持匀速直线运动或静止状态，直到外力迫使它改变运动状态为止。第二定律：物体加速度的大小跟它受到的作用力成正比，跟物体的质量成反比且与物体质量的倒数成正比，加速度的方向跟作用力的方向相同……'"唉，还没出生就要被唠叨。

陈医生微微一笑："原理并不是这么简单。只是一个比喻。这是非常先进的科技。"

陈医生说很多孕妇喜欢医院的环境，沙发特别软，躺下去就不想起来。放着轻柔的音乐，孕妇把仪器绑在肚子上，就可以摊在四处分散的沙发床上看看电影，玩玩游戏。想站起来，按呼叫按钮，就有年轻可爱的小护士过来扶。

"费用方面也无须担心，现在还是推广阶段，国家付钱。"陈医生又添加了一个诱惑。

最后打动姚影的是胎教室的健身区。为了鼓励孕妇运动，医院规定只要达到了一定运动量，分娩、住院的费用可以打折。普通工薪阶层的姚影，立刻决定，就在这里做胎教。

"请签订一个协议。"医生拿出一份合同，姚影高兴地签了它。

＊＊＊＊

现在回想起来，那奇怪的胎教说不定真的改变了什么呢。

思绪未落，蒋丰忽然站了起来，迈步到他爸爸身边，仰着头问："爸爸，你有微积分课本吗？给我看看。"看着他还没有沙发高，谈论的却是这样高深的学问，姚影不禁觉得滑稽得很，忍不住笑抽过去。

见爸爸起身去找书，蒋丰鄙夷地看了妈妈一眼，说："妈妈，你能不能稳重一点？"姚影好不容易忍住了笑。丈夫拿着一本当年的高等数学教材过来，嗯，同济大学版。

蒋丰和他爸爸一起翻开教材，开始研究。不一会儿，蒋丰嚷嚷："爸爸，你看完了没有？赶紧翻页。"谁能想到五岁的孩子阅读能力这么强呢。

不过幼儿园的课程更可怕。

自从上了幼儿园，一个月一个月地过去，眼看着蒋丰学会了四则运算、一元方程、不等式、函数、几何初步等，姚影已经习惯了每天捡眼镜的日子。

今天，蒋丰居然拿回来一道微积分题。姚影已经见怪不怪了，一边拖地一边听丈夫给他讲解极限的概念。可以看出来，蒋丰理解起来很费劲。

"果然他也是有极限的啊。"姚影在心里说。

"……等等，什么时候开始嘲笑一个幼儿园孩子学不会微积分了？"姚影回过神来，感觉自己一定是疯了。

"算了吧，爸爸觉得你不一定要学会这个，以后你长大了就能学会。"看着蒋丰痛苦的表情，丈夫决定不继续讲了。

蒋丰点头同意。姚影也打扫完屋子，一家三口其乐融融地玩了一会儿，蒋丰就去睡觉了。

丈夫收拾了一下书桌，忽然对姚影说："现在的孩子……唉！"

姚影了然地说："现在的教育真是走火入魔了。"对于他们这一代，学生时代懵懵懂懂地就过去了。而蒋丰已经会用一种深沉的目光盯着姚影说："妈妈，你能不能稳重一点？"到底谁是小孩子啊？姚影闷闷不乐地开了一罐啤酒。

"也不能这么说。科技总是在进步的。几千年前的古人也想不到我们小时候就能学习他们无法理解的先进知识。"丈夫冷静地推了推眼镜。

啊，总算找到了蒋丰那种冷酷劲儿的源头。姚影陶醉地想。太帅了！果然智商才是最性感的特质。姚影立刻把烦恼抛到一边，开始对家里的两个男人犯花痴。

## 2
~

那天，蒋丰最终没有弄懂那道微积分题，第二天早上垂头丧气地去幼儿园了。姚影拍拍他的脑袋，说："没关系！妈妈永远爱你！"

蒋丰难得没有鄙视她，有点羞涩地笑了笑。

蒋丰掉头走向幼儿园，走出十几步，他奔跑起来，像一只跌跌撞撞的小斑马，穿过幼儿园门口的树荫。只有这时候，他才像一个笨拙的孩童。

\*\*\*\*

五年前的春天，姚影在妇幼保健院生下了孩子，七斤，男孩，长得很像她。

给孩子取名为蒋丰，是希望他有一个丰富的人生。他一天天长大，确实表现出一些不凡的品质。每个月会有家访员到家里来了解蒋丰的成长情况，如会不会说话、会不会认字。有一次家访员问蒋丰能不能读报纸。姚影着实吓了一跳："这孩子还不到两岁呢,怎么就能看报纸了?"虽然他能认一些字,但看报纸也太高难度了。家访员爽朗地笑了:"像蒋丰这样的孩子,很多一岁能说长句、两岁能阅读书籍、四岁能做数学题。"

姚影只能把掉在地上的眼镜捡起来擦擦。

"哪样的孩子啊?你说清楚。"姚影忽然想起了什么。

家访员哈哈笑着不答话,走了。

蒋丰性格非常冷静,但充满了好奇。他喜欢研究身边的一切东西。学会阅读后,他更是以极快的速度看完了各种童话和儿童书。姚影给蒋丰订的《婴儿画报》,往往等不及大人给他念,就被他自己抢过去看了。姚影和丈夫偶尔会担忧孩子会不会太独特,反而希望他普通一点。然而,周围的孩子也出现了越来越多的天才,小丁的女儿晨晨,五岁上一年级后,马上跳到三年级,成绩依然很好。

三岁的蒋丰进入星星幼儿园。

第一天回来,他的表情少见地激动:"妈妈,幼儿园太好玩了!什么东西都有!"

姚影问他:"你玩了什么好玩的?"

蒋丰掰着手指头数:"今天画画了,玩了九连环,还做了数学题。"

"数学题?"

"对啊,今天讲了加减符号,然后做了速算题。"

"速算?"姚影呆了呆,这是三岁的孩子第一天上幼儿园的课程吗?这不是小学一年级的课程吗?

没等姚影震惊完毕,一个月后,星星幼儿园的周园长给她打电话："您好，蒋丰的妈妈。经过观察，我们发现，蒋丰具有数学方面的天赋，因此在培养上将倾向于数学。预计幼儿园结束时学完三角函数。"

"这个教学进度太可怕了吧，这都是以前中学的内容啊。"姚影十分震惊。

"您不知道，教育部已经修改了基础教育的方案，将许多高层次内容下放。基础教育整体加深。以后小学入学考试至少要考一元二次方程。"周园长十分客气地说。

"那孩子们能适应这样的教学吗？"

"您不是接受了'映像胎教'吗？这种胎教可以激发孩子的智力，使他们能适应新的教学进度。"周园长说。

姚影在心里深深地给国家跪下了。这好大一盘棋，不知道那些激发智力的药片是不是也是国家指示发放的。

偶尔学不明白的时候，蒋丰会来问姚影。姚影觉得压力越来越大，好在丈夫数学不错，往往能完成指导任务。

"我感觉，不到孩子小学毕业，我们就什么都不能教他了。"有一次，丈夫费尽心思帮蒋丰解答了一道几何题，非常无奈地对姚影说。

"这是揠苗助长！"姚影挥挥手。

"可是孩子不觉得啊。"丈夫苦笑道。

是啊，蒋丰精力充沛，遨游在知识的海洋里，丢下他资质平庸的父母，越游越远。

\*\*\*\*

幼儿园的教室里永远乱哄哄的。长条的黑板上写满了各种各样的算式。孩子们从来不遵循上课下课的规矩，在所有能写字的地方打草稿。地板、桌面、门和四面墙都是乱七八糟的数字符号，有蜡笔、水彩笔、铅笔和粉笔等的各种笔迹。有两个孩子在黑板前研究一道几何题的最佳解法，为辅助线的做法争得不可开交，干脆打起架来。

"你数学是跟盗版五次的八十年前的教材学的吧！"一个说。

"你的数学是跟没睡醒的原始人学的吧！"另一个回击道。

于是，另一个默写圆周率的孩子嫌他们的几何题目占了地方，两下擦干净，写上了 π 的小数点之后两百二十一位到三百五十六位。那两个孩子呆了，三个人扭打到一起。

蒋丰盯着手里的作业本，撇撇嘴。他听到不远处李菁菁正在和张老师讨论什么。

"这道题……"

虽然老师从未明确表示孩子们要学到什么程度，但是蒋丰和这里的每一个孩子都敏锐地察觉到老师在观察他们。

对于表现突出的孩子，老师的关注更多，而且对其有明显的奖励。张老师曾带着李菁菁去参加一位大学教授主办的学术沙龙。每个孩子都免不了寻求大人的关注和认可，大家都暗暗地铆足了劲儿，互相较量。

他看到张老师笑了，李菁菁骄傲又得意地回到座位上。看来她是今天唯一一个做出这道题的人。

"蒋丰，你没做出来？呵呵。"忽然插进来一个不怀好意的声音。蒋丰不抬头也知道，是艾洛松。

那孩子长得非常白，头发稀疏，身板瘦弱，跟黄豆芽似的，一副惹人怜爱的样子，却是个不折不扣的坏坯子，平时喜欢招猫逗狗，做些损人不利己的事。

蒋丰不动声色地合上笔记本。

"蒋丰做不出来，哈哈哈哈，数学竞赛你别想参加，重点小学你也上不了啦。"艾洛松特别幸灾乐祸地大声嚷嚷。

"你做出来了？你不是抄别人的吧？"蒋丰低声说，"我看到你拿李菁菁的作业本了。"

艾洛松变了脸色："她的作业本掉在地上了，我帮她捡起来。"

蒋丰露出了鄙视的目光："我懒得理你，你也别管我。"他站了起来。

蒋丰个头儿不算高，但比艾洛松身量高一点。艾洛松便不自觉地后退了一步。

"别在这里待着，走开。你的打手今天没来幼儿园。"蒋丰不客气地说。

平时艾洛松怕别人欺负他瘦弱，会带着班里个头儿最高的男生大彭一起玩。大彭今天没来学校，蒋丰便不客气了。

艾洛松有点没趣。他哪里是个吃瘪的？于是跑到另一个孩子面前。

"陈博士，你在做什么？我看看。"艾洛松伸长脖子看那孩子的练习册。

陈博士大名陈博克，是个小光头，架着一副眼镜，左边镜片蒙着黑布,一脸漠然。艾洛松见他没反应,快快地走开了。

中午吃饭的时候,一个个头儿挺高的男孩走了进来。蒋丰扫了他一眼,是大彭。之前听说他病了,已经一个星期没来幼儿园了。


# 3

姚影忽然接到电话,老师说蒋丰受伤了!她匆匆赶到幼儿园……

蒋丰躺在医务室里,一只手臂露在外面,小臂处缠着绷带,脸色像棉花一样白。他睡着了,呼吸薄如纸。

姚影一个箭步冲上去,摸摸他的额头。还好,没有发烫。

"蒋丰,你妈妈来了。"斜地里伸出一只柔软的小手,推了推蒋丰的身体。姚影一扭头,才看到旁边坐着一个好看的小姑娘,穿着背心裙,花猫一样的眼睛,眼尾上翘。

蒋丰皱了皱眉,睡眼惺忪地看着姚影,不吭声。

"谁咬你啊?你们老师哪儿去了?"姚影余怒未消,开始寻觅老师的踪迹。

"对不起,蒋丰是为了保护我……"小女孩开口了,声音像棉花糖一样又软又甜,大眼睛偷偷地瞟姚影,叫人不忍心说什么了。

"别怪她。真的是突发情况。"蒋丰盯着天花板说。

这时候，老师进来了。姚影准备了一腔怒火，然而一转身，看到老师的样子，便发不出来了。

陈老师不过二十三岁，是个活泼的小女生，平时打扮非常时尚，这会儿她走进来，头发乱糟糟的，像废弃的钢丝球，毛衣上有好几条长线头，更别提脚上的运动鞋了，脏得像刚陪500个孩子在田野里打过滚。

"陈老师，这是怎么了？一头猛犸象闯入幼儿园？"姚影问道。

"蒋丰的妈妈，您好。很抱歉发生了这样的事情……咬人的孩子力气非常大，几个大人都制止不住他。"据说一个孩子课间玩耍的时候，忽然嚷嚷头疼，然后就神志不清地到处咬人，力气非常大，三个体育老师都按不住。这个孩子一路撞了十几个孩子，最后被蒋丰绊倒在地，老师才趁机把他捆了起来。后面这个孩子在关押室里还咬了两个老师。

"你们幼儿园里都是超常儿童，超常儿童也咬人啊？"

"这里有不是超常儿童的孩子。"蒋丰嘟嚷道。

"谁啊？"姚影没好气地接道。

小女孩怯生生地举起了右手。

"我不是超常儿童。好几个孩子都爱欺负我……只有蒋丰帮我，今天也是。大彭一下就发疯了，到处咬人，我躲不开，然后蒋丰就过来推他，结果被咬了……"小女孩说着就要哭出来了。

"诗言，别哭，这又不怪你。"蒋丰语气温柔地安慰道。

诗言擦擦眼睛，扑上去牵着蒋丰没有受伤的另一只手，两个人在那里含情脉脉地对视。

陈老师和姚影仿佛终于从这对五岁小孩的偶像剧中回过神来，

表示借一步说话。于是两个人走出医务室，掩上门交谈。

"我们这里确实有一些孩子不属于超常儿童。实际上，在这里他们都是需要照顾的特殊群体……但是今天咬人的孩子是超常儿童。"陈老师欠着腰，非常恭敬地说道。

"究竟是为什么？"姚影不禁好奇道。

"目前还不清楚……那个孩子就是忽然发疯了。"小陈老师非常歉疚地回答道。

姚影便带着蒋丰回家了。

\*\*\*\*

几周之后，蒋丰的手臂上留下了深深的疤痕，一看就知道那个孩子牙口就好，整整齐齐。姚影端详着这道疤痕，十分痛心。

那个发疯的超常孩子，也不知道查出来是什么病因。

姚影给幼儿园打了电话，询问后来的调查结果。陈老师说，目前没有查明情况，大彭也一直在家里休养，又问蒋丰的伤养好了没有。

"还需要点时间恢复。"姚影含糊其词地回答。

"真的很对不住。对于他的伤，幼儿园有一笔赔偿金，您什么时候方便可以过来领一下。"陈老师道歉。

"哦，好的。有空我会去的。"

"我们都很关心蒋丰。他的数学很好，园长说想推荐他去华罗庚班。"陈老师换了个话题。

"华罗庚班？"姚影一头雾水。

"蒋丰马上该读小学了，像他这样的超常儿童，国家很重视，在重点小学开设了一些特殊班。华罗庚班是数学超常班，设在中科院大学里面，由教授授课。"

"嗯，我们还要修养一下身体。过段时间再说吧。"姚影放下了电话。

## 4

很快，姚影接到了另一个神秘电话。

家访员呼叫说，晚上会有一个大人物来拜访，请蒋丰家做好准备。

"大人物？"姚影不太明白。

"你看到就知道了。"家访员一贯地含糊其词。

晚上8点，一辆吉普车停在院子里，姚影瞪大眼睛，看到一个穿军装的人走了下来。姚影以往只在新闻里见过他。

"少将陈龙，幸会。"他对姚影伸出手。

姚影呆滞地与他握了握手。

姚影没想过来的会是军方。

"我前来拜访是因为您的儿子蒋丰。祝贺他通过测试，进入星辉少年班。我来为测试做一下说明。"他露出笑容，锋利的气质难得柔软了一下。

"测试分为两个部分：其一是考试，其二是一次危机事件。"陈少将说。

姚影和丈夫对视了一下。陈龙接下来所说的话令他们更加意外。

原来大彭事件的真相还有另外一面。幼儿园并非没有注意到那群喜欢欺凌普通孩子的超常儿童，对他们的监控十分严密。但是当蒋丰和诗言被牵扯进来之后，幼儿园老师却假装不知道，任由事态发展，导致了蒋丰被咬事件。

"蒋丰做得很好，展现了过人的智慧和胆识，正是我们所需要的……"

"不过是一个超常班的选拔考试，为何弄得这么复杂？任由五岁的孩子陷入危险之中……"姚影不太理解。军方都出面了。

"这也是我今天要说明的另一点……"陈少将凝视着蒋丰看书的背影，悄声说道，"您应当记得，您怀孕的时候做过'映像胎教'吧？"

"是啊。"

"那其实是国家投资的一项计划。为了培养超常儿童……"

"不是为了帮助适应新的基础教育体系吗？"姚影问道。

"是的。众所周知，人类科技发展的要求很快就要达到现有人类的智商上限，普通人可能倾其一生也无法再推动科技进步了……人类需要加速进化。"陈少将说。

"蒋丰还是一个读幼儿园的孩子呢。"姚影说。

"实话告诉您。国家开展这项实验已经十年了，但一直处于摸索阶段。我们一直征求父母自愿参加。并且，市面上还出现了一些不太合法的尝试。"陈少将说。

姚影想起了怀孕时医办事员暗示过的药片。

"但是，不管是什么途径，都存在难以解决的缺陷……我可以更直白地说，蒋丰是我们观察到的最成功的一个孩子。换句话说，他是最接近我们预期的一个孩子。我们需要他。"陈龙用一种更真诚的语气说。

"蒋丰不是实验品！他是一个活生生的孩子！"姚影激动地站了起来。

"很遗憾，姚女士。当年你参加'映像胎教'时签的协议已经注明，这个孩子从出生起就是属于国家的。"陈龙说。

姚影大声说："国家也不能把孩子从母亲身边夺走吧！"

"您放心。国家并不是要夺走他，只是想给他一个选择。签订这项协议，代表你们把蒋丰的前途完全交给国家。蒋丰会进入超常儿童的学校，并且很快奔赴美国或者欧洲……他会站在历代先贤的头顶，带领我国，甚至整个地球走向未来……并将永远载入史册。"陈龙的神情变得严肃。

"需要蒋丰拯救地球吗？"姚影抓住了重点。

"呃，是的，可以这么说。"

"那你们多久会让他回家一次？"姚影的眼泪夺眶而出。

"非常抱歉，蒋丰的妈妈，我不得不诚实地告诉你，至少三到五年，蒋丰是不能回家的。"陈龙轻声说。

"那我们可以不去星辉少年班吗？蒋丰去普通的学校就是……"

"我认为应该让蒋丰自己选择。您觉得呢？"陈龙说。

蒋丰默默地站在一旁听着。

"你愿意跟我走吗？你想做一个英雄吗？做一个厉害的人。"陈龙说。

"我愿意。"蒋丰仰起脸，眼睛跟雪夜关山一样闪着坚硬的光芒。

姚影"哇"地就哭了。

丈夫搂着她的肩，说："不要哭，蒋丰会为自己的选择负责的。"

5
～

蒋丰看了看四周，偌大的教室里有十来个孩子，都跟他差不多岁数。大家随意地坐在光洁的地毯上。

这是个秘密基地，被大人们称作"星辉少年班"。这里聚集了全中国最聪明的孩子。基地完全封闭，教室顶部安装着照明灯，散发着青白色的光辉，照在人身上，像一层厚厚的蜡。空气也仿佛变成了黏稠的粥，凝固住了时间。

灯光忽然熄灭，教室陷入黑暗，但没有人惊呼。忽然，教室正中出现了一堆闪烁的光点。

银河系。孩子们发现这是银河系的全息模型。大家自觉地围绕着模型坐下。忽然，模型中射出数十道光晕，笼罩着每一个孩子。

"人类啊，孤独的人类。"一个苍老的声音，仿佛从远古飘来。

一位老者从侧门进来，他年岁已高，拄着拐杖。

孩子们静静地看着他，等待他一步一步走到讲台上，坐下。

老者短暂停顿，便自顾自地讲下去：

"人类在宇宙中多么孤独……我们向宇宙发出呼喊，但没有得到回应。看，银河多漂亮啊！这份心情，却不能传达给别人。"

"可是，也许有一天，会有地球以外的生命访问地球。"一个孩子说。

"当然，这很有可能。"老者说，"那我们现在要做点什么？"

"生存？"另一个孩子说。

"是啊，我们首先要生存下去。"老者赞许地说，"我们依靠智慧生存在地球上。科技让我们获得了更好的生活条件……可是，科技发展总是遇到'瓶颈'。"

"然后会出现解放生产力的革命。"一个孩子不耐烦地说。是的，这些都是大家早就知道的事情。

"对，没错。农业革命、工业革命、信息革命……可是，现在我们面临的问题，已经不能自然解决了——技术进步越来越快，人类的智力却跟不上了。"老者停顿了一下。

"学习已有的知识会耗费太多时间和精力。科研前沿领域被划分得越来越细，科研人员结束学业，进入独立探索的年龄越来越晚……十年前，有几个生物学家、社会学家估算，大约五十年后，一位科学家要四十岁才能毕业，开始职业生涯；大约一百年后，人们要读书读到六十岁，才能学完某一专业的基础知识，接触到前沿。这意味着什么，大家都明白。"

"我们的科技很快就要停滞不前。因为知识太多，终其一生，都不能抵达前沿。"老者的语气非常惆怅。

"所以，你们就培养了我们。"蒋丰说。

"是的，孩子。我们需要更年轻、更有活力、更聪慧的孩子。你们是我们的希望。"老者说。

"星辉少年班第五期，开学典礼现在结束。"银河模型缓缓闪烁，发出了温和而略平淡的声音。

"这是我国最先进的人工智能——银河AI——创造的全息投影，非常美丽的银河模型……银河AI的本体将帮助大家进行学习。"老者说。

"在知识的海洋里遨游吧。你们将带领人类走向未来……"

\*\*\*\*

转眼过去了一年三个月。

纸一样薄的智能计算机里的知识库包括了全部基础学科。七大基础学科为数学、逻辑学、天文学和天体物理学、地球科学和空间科学、物理学、化学、生命科学。日复一日，孩子们只做一件事——学习。

这里的学习完全打破了常人熟知的分科教育，开始了大一统的学习，孩子们往往围绕解决具体的问题而展开学习，比如计算天体的运行轨道、建立大气的运动模型等。这些聪慧的孩子吸收知识就像呼吸一样自然。

蒋丰则对数学情有独钟，很快学完了微积分、极限、空间解析几何与向量代数、级数、常微分方程。

大人们并不干涉孩子们，只是一直在等待，等孩子们完全掌握知识。

现在，第一个胜利者已经出现。

上午9点20分，深埋地底的教室第一次响起了贝多芬的《第七交响曲》的恢宏乐章。这是银河AI在宣告：第一位完全掌握一门学科的孩子出现了！

那个孩子的信息被广播出来。姓名：蒋丰。性别：男。年龄：七岁零十二天。

而此时，蒋丰四肢摊开，躺在教室的地板上。他划动四肢，发觉自己此刻的模样很像一张名画。对，就是达·芬奇画过的那张《维特鲁威人》，完成于1490年前后。蒋丰冲着天花板笑了。

在孩子们看不到的教室高处，一扇落地窗前，老者微微叹息："一年三个月……可怕。"

原本在教室周围四散的大人迅速集中在蒋丰身边，犹如一张渔网收紧。

另一个大人走了过来，蒋丰记起来，他是亲自将他带到基地来的陈龙少将，也是整个基地的最高负责人。

陈龙说："孩子，你现在可以自己发展这门学科，为它增添新的定律和公理。你发现的定律和公理将接受银河AI的检验，是否正确。

"银河AI是我国的最强人工智能，它会成为你旗鼓相当的对手。"

"它为何能检验我创造的定理？"蒋丰忽然有个疑问。既然银河AI是利用现有的科技制造，它如何判断一个它未知的定理是否正确……

蒋丰还没来得及开口，另一个方向忽然传来躁动的声音。

"啊啊啊啊啊啊啊——"

一个孩子忽然绕着教室狂奔。随时待命的医疗队员一拥而上，控制了他。

他疯了。这是一年来基地第七个出问题的孩子。

其他的孩子默默地注视着发生的一切。那个孩子被放在医疗床上推走了。大家都知道他不会再回来。

于是，蒋丰话到嘴边，换成了另一个问题："他怎么了？"

陈龙神色严肃，说："需要等医疗队诊疗。"

"这种事不是第一次发生了。"蒋丰正色道，"你们在隐瞒什么？"

一瞬间，陈龙的眼中闪过惊惧，被蒋丰完整地捕捉到了。

"没什么。生病很正常。"陈龙说。

"可是，他们再也没有回到这个课堂。"蒋丰继续说道。

陈龙说："因为他们被淘汰了。"

"为什么淘汰？"

"因为他们运气不好。"陈龙说。

# 6

蒋丰沉浸在数学的世界里。

他越来越长时间地坐在他的专用座位上。他戴着一顶银色的头盔，包裹住整个头部。他的意识与银河AI相连。

甚至睡眠中，他也会进入银河AI提供的另一种思维游戏——幻宙。

这里的每个孩子都可以在幻宙里随意创造一些东西，通过纯心理的想象，创造一些奇怪又有趣的东西。进入幻宙的过程如同掉进了神话里的乾坤袋，孩子索性叫它"大袋子"。在机械的学习生活中，大袋子让睡眠变得更加吸引人。

蒋丰眼前出现一个正方体，正在沿着中心自转。这是蒋丰在幻宙中创造的东西——一个方形的星球，叫"方舟"。方舟的每一个面都是不同的风景，有大海、沙漠、丛林、峡谷、雪山，还有一个面，如同月球表面一般凹凸不平。蒋丰在地面上建设了一座金属火箭舱模样的房子，这是他心中的家、宇宙中的家。蒋丰将方舟的尺寸缩小到与他同高，他伸手推动方舟，将月球那一面转向自己。太空舱的家的窗户散发着温柔的灯光，然而有点太安静了。他思考片刻，双手虚合，瞬间，掌心出现了一只沙鼠，他把沙鼠放到月球表面，沙鼠很快便钻入地下，不知去向。

剩余的时间里，蒋丰将星球放大到正常尺寸，在峡谷里漫游。他神思恍惚，让大脑沉浸在潜意识之中。这时候，他看到了自己墨色的思维河流。思维河流从未止歇，思考的结果是意识偶尔来河边打的一桶水。

思维无止境地流淌，忽然响起了水桶的声音。蒋丰想到了关于数学的什么东西，他醒了过来。于是，银河AI立刻切换到工作模式，无边无际的白色书写板铺开了。蒋丰可以肆意地书写他创造的数学符号。间或，他停下来，问银河AI一个问题。

现在蒋丰只和银河AI交流，用谁也不懂的语言与银河AI进行急速的交流。蒋丰曾经质疑银河AI的智能，现在，很明显，他学会了如何使用它，让它检验自己的研究结果。

他用头脑不断地发展这门学科，创造了更多的数学符号，表述那些复杂的公理。他的笔记不断被计算机记录，却无人能看懂。

银河AI宣称蒋丰已经破解了困扰人类数百年之久的七大数学难题。但"破解过程无法用人类语言描述"。

"银河AI，能讲一讲他在研究什么吗？"陈龙问。

银河AI沉默了很久，最终开口说："不能。很抱歉。他的研究，无法用人类的语言进行表述。"

"那么，是正确的吗？"

"逻辑上，是正确的。"银河AI回答。

"嘀嘀嘀——嘀嘀嘀——"忽然，机器发出警报。机器负荷太大，运转过热。

医疗队迅速上前，将蒋丰的头盔脱下来。蒋丰紧闭着眼，头部滚烫，竟是发烧了。

陈龙变了脸色。蒋丰是他们最完美的作品，如果蒋丰也出事……

****

陈龙一直在医疗室等待蒋丰醒来。

医疗队长报告，事故是因为蒋丰的思考速度很快，操作指令过于密集，让计算机来不及响应。

"另一方面说明，蒋丰的大脑运转速度加快了很多，我们估计，比他之前可能快了七到十倍……运转大脑也会消耗能量……以及产生大量热量。"

蒋丰的发烧其实是因为大脑运转过热。

……还好，并不是他们担忧的那个问题。陈龙略微松了一口气。

"陈少将，我有话要说。"忽然传来一个孩子的声音。

大家齐齐看向蒋丰，才发现他已经醒了。蒋丰已经好久没有开口讲话了，这句话说得很费劲。

陈龙正要讲话，忽然，灯一闪，灭了，整个房间陷入了黑暗。电源被切断了。

位于地下的基地，一旦切断照明，便是无边的黑暗。

"什么情况？快去查！"陈龙的声音从未如此愤怒。

几个保安窸窸窣窣地举起手电筒，试图离开医疗室，却发现因为断电，智能门锁打不开了。

忽然，广播响了起来，是孩子的声音。

"各位好，这个游戏我们不奉陪了。星辉少年班的学员，除了蒋丰，集体向你们告别。"那个孩子冷静地说。

"为什么？"陈龙问道。

"为什么？明知故问。"广播里的声音虽然稚嫩，但语气深沉，"我们不过是失败的实验品。"

"培养超级儿童的计划，一直有重大缺陷。最初你们尝试了很多方法，都失败了……我们找到了那些实验记录。有些孩子大脑太大、脑壳太薄，摔一跤，头骨摔成了碎西瓜。有的头颅巨大，脖子负荷不起，从未坐起来。"那个孩子语气平淡地描述着。

"有一种较好的办法是吃药，但副作用较大。后来，你们选择了安全度较高的'映像胎教'方法。药物法被泄露出去，成为非官方的渠道。你们睁一只眼闭一只眼，估计想看看效果吧。近五年出生的超级儿童，基本就是这两种方法的产物。

"你们以为终于找到了最好的方法。没想到，仍然有缺陷。

"那些发疯的孩子，是因为药物所致。那种药品的原理是刺激孩子的大脑发育，分化出更多的脑细胞，大约是普通人的两倍。但是，部分个例出现了意外，孩子的脑细胞持续发育，不断增多。很快，颅腔的空间就不够了。于是，这些孩子时常感觉头痛，或者忽然神志不清，甚至大脑失去控制。"

"并不是每个孩子都会疯。"陈龙插话道，语气疲惫。

"是的，接受'映像胎教'的孩子不会疯。但他们会逐渐失去高智商……我说的对吗？八岁左右，这些孩子的智商会逐渐回到正常人水平，变得平凡无奇。"

蒋丰头顶响起一声惊雷。这就是真相？他想起了发疯的大彭……

"你们想怎样？"陈龙问道。

"我们不想奉陪了。我们要自由。"孩子语气激动起来，"我们应当有自主选择权。反正，你们已经有蒋丰了。"

7
~

这些孩子密谋已久。他们要离开基地，回到父母身边，于是控制了基地的电力系统，要求陈龙放他们回家。如果不能达成一致，他们会联系媒体曝光那些秘密的实验资料。

陈龙在黑暗里踱步，叹了口气。没有电源，连银河 AI 也陷入沉睡。房间里的人们一筹莫展。

忽然，一个苍老的声音响了起来："孩子们，你们的意思我知道了。但我还是想说几句话。大概是人老了，很唠叨。"

是老者。

"夸父与日逐走，入日；渴，欲得饮，饮干河、渭；河、渭不足，北饮大泽。未至，道渴而死。弃其杖，化为邓林。这是《山海经》里的故事。

"相传古代勇士夸父身材魁梧、力大无穷，认为世界上没有做不成的事情，于是他拿着手杖去追赶太阳。他翻过许多座山，渡过很多江河，累得筋疲力尽也没有赶上太阳。他口渴，想要喝水，就到黄河、渭水喝水。水不够，夸父就去北方喝大湖的水。还没赶到大湖，他就在半路上渴死了。夸父抛弃他的手杖，他的手杖化成了邓林。"老者说。

"夸父自己想追赶太阳。我们不是。"广播里的孩子说。

老者叹了口气，说："蒋丰，你刚才要说什么？"

蒋丰的声音十分镇定，好像刚才什么都没有听到："我决定不再研究数学。"

他的话语不吝为另一颗重磅炸弹。

"为什么？"依然是老者在问。

"当我学习数学的时候，我感觉到幸福……但数学不能解决一切问题，就像用梳子梳打结的头发，必然会在根部缠住。对于这个广阔的世界，数学可以梳理一部分，但总有无法梳理的部分。模型不是万能的。数学可以解释一部分世界，但另一部分世界是不能解释的。这就是我停止研究数学的理由。"

"你可以研究别的学科。世界上还有那么多知识。"老者说。

"不。目前的知识体系并不能真的理解宇宙。因为出发点是人类的主观意识。"蒋丰说，"我认为没有继续深入研究的必要。"

蒋丰一句话堵死了陈龙想说的话，简直无差别攻击了全体人类。

"哈哈哈哈哈，现在连蒋丰也退出了。"广播里的孩子高兴地说："蒋丰，你跟我们一起回去吧。"

陈龙终于烦躁地说："走吧走吧，都回家去！"

这一场跨时十年的计划终究是失败了。黑暗里，陈龙默默地擦了擦眼睛。

"不。我不走。"蒋丰忽然说。

"在这里待着干吗？你们说得对，我们不应该强迫你们加入这个艰难的征途。人类的命运不应当由几个孩子来扛。"陈龙苦笑着说。他已经放弃了。

"我和银河 AI 还有事情做。"蒋丰说，"数学确实不是理解宇宙的最终办法，但是数学可以研究人类的大脑……我一直对人类的智力很有兴趣。在银河 AI 的帮助下，我尝试研究关于人类意识的模型……

"也许我们会发现人类智力的真正奥秘。"

****

很快，星辉少年班基地被解散了。孩子们回到了父母身边，除了蒋丰。蒋丰和银河 AI 一起来到了一个脑认知科学研究所。

蒋丰依然坐在他的专属座位上，意识与银河 AI 相连。

在幻宙里，意识的粒子卷起风暴，聚集成一团星云。蒋丰将自己的每一个粒子都舒展开来，在太阳风里打了个滚。

他成了一团混沌的云，或者说一个粒子的聚合体。蒋丰阅读银河 AI 里的那些知识。他重读那些鸿篇巨著，跟着欢笑哀乐。他的情感可以自然流露，挥洒自如，然而他不会被情感约束。他如同一块绸缎般的风，在各种念头和情感之间毫无阻碍地穿行，理解感情，也理解理智。蒋丰感觉自己如同上帝一样注视着这颗星球。

蒋丰在幻宙里缓慢地飘浮，时而展开成圆形，时而聚拢成水母的形状。

他用新的眼光注视着宇宙，理解着宇宙。原来宇宙不用理解，只要体验和感受就好。

蒋丰的一切行为都被银河AI记录下来了。后面的分析则由他们合作完成。

又过去了很长时间，人类智力的模型终于快构建完了。

蒋丰就要满八岁了。他还记得那个秘密——那个所有人都讳莫如深的时间点。他没什么感觉，有一点像泄了气的皮球。他想象自己的智力就像放气一样咝咝地往外漏。智力侧漏，哈哈哈。

蒋丰在幻宙里躺下来，千亿颗星星围绕着他缓慢闪烁。

他努力回忆曾经搜索到的绝密资料。他知道，自己将在未来的一年里逐渐失去活跃的脑细胞，变得健忘，最后变得失忆，回到普通八岁儿童的智商，还可能需要从头开始学习小学课程。唉！

他离开了他的伊甸园——那个他无所不能、耳聪目明的神通圣地。

"你会遗憾吗？"银河AI问道。

"并不。拥有超高智商并不是一件很愉快的事情。"蒋丰说。

当他走到数学的尽头时，发现世界仍然深不可测……信仰的崩塌不吝于一个微型宇宙的毁灭。

"大概可以类比为'众人皆醉我独醒'？"银河AI回复。

"我的感受很复杂，需要建一个模型来说明。"蒋丰说道。

银河AI分析之后，认为蒋丰是在开玩笑，因为他没有立刻拿出一个函数模型来。这对他而言轻而易举。于是，银河AI发出了模拟的笑声。

"面前有路，是一个凡人最大的幸福。我想要幸福一点。"蒋丰闭上了眼睛。

## 8

一种促进人类智力进化的药物正式面世，引起了轩然大波。

该药品的说明书中写道："适用于十二岁以上人类，将激发智力三到五倍，效果持续终生。"

政府宣布，由于药物昂贵，数量有限。所有孩子在十二岁时都可以报名注射该药物。经过选拔获得机会的孩子，在注射药物后，要加入国家超常实验室，为人类的未来不断奋斗。

无所不能的媒体迅速找到了相关的事件。映像胎教、被叫停的超级儿童计划等忽然成为炙手可热的话题。

陈龙出现在采访中。他说："追求卓越是人类的优秀品质。追求自由是每个人与生俱来的权利。我们崇敬为真理而奋斗的人，我们也为自由生活而感到幸福。"

# 对话的艺术

# 1
~

"华珑，好久不见，你在哪里？"

我点开通信录，滑到"华珑"的名字，输入一行字。

片刻之后，对方立即发来一个笑脸。

"你好，詹叙。我最近比较忙，有空约饭。"

我叹了口气。

"你在哪里？"

"我在工作。"

"在哪里？"

"工作间。我爱工作，工作爱我。"

……

我停下手指，思索起来。

"华珑在哪里？联系上了吗？"身边的女子声音嘶哑。她是华珑的姐姐华玲。

"不知道。"我苦笑。

"他不是回复信息了吗？"

"那个……其实不是他。"我解释道。

华玲脸上的泪痕还没有干，在灯光的照射下，仿佛她的脸被分割成不同的部分，犹如毕加索的画，跟她共处一室，我有点心惊。方才，我一打开门，看到一张流泪的女人的脸，吓得汗毛倒竖，因为很久没有在现实中见到人类哭泣的样子。

数字时代，大家习惯用手说话，用表情包表达情绪。我们的脸只用来拍摄一张精美的头像照。一切情绪都嘻嘻哈哈的，被表情包消解。不过，这些奇异的风气还没有刮到偏远的小镇。华珑的姐姐甚至没有打电话，便泪流满面地亲自找上门来。

她衣着朴素，手指粗糙，与城市里的白领很不一样。她直白地表达了对失踪的弟弟的担忧。就在现在，华珑的爸爸已经是肺癌晚期，处于弥留之际，想见他。华玲奉命寻找弟弟。他们家已经四个月没有联系到华珑。

华珑遗留在老家的笔记本上有一个手抄的地址。华玲便长途跋涉，找上门来。

"我家的地址？"我诧异道。华玲点了点头。

"哦，有可能……华珑以前常给我寄明信片。"我思索着。

"你是华珑的朋友吧，你能找到他吗？"华玲不住请求。

我忽然不知道怎么开口。给华珑打电话没人接，发信息会回，但那不是他。是个程序替他自动回复的，那是他开发的Isay。

华珑，一个天才程序员、大学肄业生，也是风靡整个中文圈的社交对话软件Isay的创始人。

你所有已知和未知的对话艺术，Isay都知道。

小小的对话程序，为你编织最合适的语句。Isay可以输出文字或语音，只要输入简单的字词，它将为你代言。问候、回答、试探、回应、谈判，都是算法计算出的最优解。Isay是社交恐惧症患者的福音、情商低下者的灵药。

而当Isay功成名就之时，华珑却忽然离开了公司和合伙人，声称自己还要继续研究智能应答软件，飘然而去。他行踪飘忽，偶尔会在稀奇古怪的地方给朋友发明信片。我上一次收到他的明信片，是半年前。平日里我们也不会电话联系。我已经很习惯跟他保持这样的关系。

"我……确实不知道他现在在哪里。不过，有Isay替他回复，他应该是安全的。"我吞吞吐吐地说。离开了Isay，我的措辞磕磕巴巴，令人掩面。

"你怎么知道不是他？"华玲大概没听过这么奇怪的事情。

"唉，华珑每次回复消息，至少要拖十五分钟，就是那个'正在输入'那里。他怎么可能秒回……"我脱口而出。更别提那些略带幽默的调侃，华珑做不到的。

## 2

华珑本人，是我见过的最严重的社交恐惧症患者。

初次见到华珑，他是个瘦弱的青年，皮肤黝黑，额上碎发半遮，眼睛跟小鹿一样，惊恐的神色一览无余。

当时我担着团支书的职务，必须关照班上的同学。班级第一次聚会，华珑一动不动地坐着，微微发抖，好像风雨中飘摇的一棵小苗。大家的一阵阵笑声，如同一道道天雷劈在他的天灵盖儿上。

我没见过这么严重的社交障碍人士，难免多看了几眼。

"你好，我是詹叙，你们那儿的人是不是都骑熊猫上学啊？"我逗趣道。

"没有。我们家买不起。"华珑迟疑片刻回答道。他其实是认真的，但在语境下，仿佛配合我完成了一个冷笑话，大家又笑了起来。

华珑略微翘了翘嘴角，我立刻自来熟地把他当兄弟了。

以我的人际交往能力，很快和他混熟了。他身上有一种天真的忧郁，大眼睛看人的时候，让人觉得很纯净。而我天生有一种保护弱小的使命感，平时去哪里都带着他，反正他也安静，一个人默默地跟在后面。

很快，与他的交际能力成反比，华珑获得了学院里所有老师的青睐。因为他就是传说中不世出的程序天才。当我还在背诵C语言的运算符和数据类型时，华珑就已经利用循环语句在屏幕上打出了一朵美丽的玫瑰花，一朵由*号组成的七层花瓣的玫瑰花；当我磕磕绊绊地开始使用if语句时，华珑已经开始研究爬虫；当我终于啃完C语言时，华珑已经跳到学习JAVA、C++、C#，以及我看不懂的某些编程语言。

"哥们儿，我现在一点也不担心你的语言能力。很明显，你的语言天赋集中在编程语言上，而不是人类语言。"我微微皱眉对华珑说，"所以，换你来担心担心团支书我！"

一天晚上零点是交作业的截止日期，我几乎是摇着尾巴抱华珑的大腿。

华珑抿着唇，黑眼睛有点犹豫。我知道，他是好学生，不喜欢给别人抄作业，可是我也没别的办法了。

"教C语言的石老太看到你就合不拢嘴，绝对不会批评你的！我再改几个参数……"

那一次，石老太看到华珑运行出来的∗号玫瑰，简直比她第一次收到丈夫的玫瑰花还要激动。

华珑叹了口气，回到他的台式计算机面前。他飞速地敲着键盘，屏幕里，代码滚滚而下，犹如潮汐涨落。华珑以看不清的手速飞快地替我又写了一份作业。

"谢谢大神！请你吃饭！"我热泪盈眶地捧着作业走了。

在大部分人眼里，华珑是个独来独往的天才选手。他沉静的面庞毫无波澜。眼中初来乍到的不安感已经被复杂内敛的目光取代。他本人就像一个不能打开的黑盒程序，而且没有输入输出指令，完全神秘，就像一堆自动运行的代码，完美地构造了一个小世界，而与外面的世界毫无关联。

可能我是为数不多可以跟华珑聊天的人之一。

"你在看什么？辛波斯卡？"我好奇地看着华珑桌上的书。

"嗯……诗集，随便看看。"华珑不太好意思地说。他在我面前还算放松。

"厉害厉害，佩服佩服。"我打心底里有点怵。毕竟我们学计算机的都是理工男，可以在C#和Python之间随意切换，却读不懂任何一本诗集。

华珑吞吞吐吐地说："我觉得……语言也有美好的一面呢。"

我不禁来了兴趣："语言就是语言，难道还有不美好的一面？"

华珑的眼眸忽然一暗，就像两颗遥远的星星熄灭了。

我发现华珑特别反感脏话，是在大一下学期。

体育课上，老师组织学生踢足球。运动难免磕磕绊绊，热血沸腾的年轻男生很容易热血上头。忽然，华珑跟班上一个男生打起来了，非常凶狠，两个人在地上扭来扭去，不时发出拳头击肉的声音。

我和老师连忙拉开他们。那个男生一脸茫然："我没怎么他，他忽然就扑上来打我。"

华珑表情冷硬，我感觉到他在磨牙。无论老师怎么询问，华珑都不吭声。最后我把他拉到角落，他才说，是因为男生骂了他。

"我去，×××也算骂人？"那个男生难以置信地睁大了眼睛。我理解，很多男生觉得这三个字最多算个语气助词。

华珑走上前，毫不犹豫地给了他鼻子一拳。办公室里一片混乱……

最后，华珑受了处分。老师都不喜欢不听话的学生。

然后我带着华珑出去吃烧烤。华珑喝了三瓶啤酒，话匣子便打开了。他很讨厌他父亲，那是个言语粗俗的麻将馆老板。每次跟父亲说话，他都犹如被机关枪扫射。在他父亲的嘴里，脏话只是一种语气词，是正常说话不得不使用的润滑剂和连接词。父亲的火暴脾气加上变化多端的方言，让华珑在脏话的各种变体里领悟到了语言的丰富性。

所以，华珑小时候十分抗拒说话，他觉得说话是一种伤害行为，言语变作利斧，向着毫无抵抗力的儿童挥去。

华珑成为社交恐惧症患者，我现在一点也不奇怪了。

华珑告诉了我他的宏伟计划："毕业后，我要开发一款语言纯净的对话聊天程序，让每一个人都能感受到温暖的语言。"

\*\*\*\*

"华玲姐，我不得不说，可能即便我们找到华珑，他也不一定愿意去见叔叔。"我对华玲说道。

"……唉，这孩子。"华玲低下头，擦了擦眼睛。

"那么，你可以告诉我华珑小时候经历了什么吗？我只知道他挺恨叔叔的。"我问道。

"爸对他很严厉，经常骂他，打他。"华玲嗫嚅地说，"我们那儿都这样。"

我叹了口气，想来华玲、华珑小时候的生活不太好过。

在我的请求下，华玲粗糙的手指不停地捏来捏去，给我讲述了华珑小时候的事情。

他们的父亲华建国，是个麻将馆老板，脾气火暴，语言粗俗，对待儿女非常随意，喜欢打骂。他们的母亲早逝，华玲从小就操持家务，高中毕业就出去工作了。华珑内向，不爱说话，性格不讨喜。但华建国其实对他寄予厚望，于是在"打是亲，骂是爱"的环境下，华珑阴郁地长大了。

上大学后，华珑很明显不爱回家。华建国有点生气。但华珑一反常态，跟父亲大吵一架之后，就没有回过家了，也有五六年了。

"语言暴力也是暴力。"我评价道。

"……但是怎么可以不回去看爸呢？"华玲不太理解，激动地问道。

华玲的说法和华珑曾经告诉我的差不多。不过，华玲以旁观者的视角来看，感觉没什么不正常。

可能华珑真的很伤心吧。我想了想，没有说出口。

"华珑，你在哪里？看见请回复。你的爸爸病重想见你。"我又给他发了信息。

"詹叙，你好。我现在不方便回复。"依旧是Isay的秒回，很正经的公事公办口气。

# 3

但是，华珑最终没有等到毕业的那一刻。

那次，华珑在校园里遇到了一伙人，那伙人不小心撞掉了他的笔记本电脑。那是华珑偷偷打工很久才攒够钱买来的。可能是华珑保护电脑的姿态有点奇怪，那些人哈哈大笑起来。华珑天生有一种怯生生的态度，非常容易受欺负。

于是局势变成了半开玩笑的推搡，后来夹杂着一些粗言粗语。华珑忽然脑子一热，就跟他们扭打起来。

当我赶到学院团委办公室时，华珑已经用电脑包砸伤了三个人的脑袋。他仍然是一副弱不禁风的样子，也不知道那股狠劲儿从何而来。他抬头看了我一眼，没说话。

因为打架，他被开除了学籍。

"老师，是不是罚得太严重了？华珑他不是暴力分子啊。"我去学院里求情。

"就是这种才可怕！咬人的狗不叫。也不是第一次了，谁知道他是不是潜藏的反社会人格啊，下次拿刀砍同学怎么办？"学院老师心有余悸地说。

我愤怒地离开办公室。华珑却在门口等我。

"真对不起。"我伤心地说。华珑明明是个天才，却不能继续学下去。反而是我这样游手好闲的学生依然在享受校园时光。

"不是你的错。"华珑轻轻地说。

后来，他离开了学校，听说去了西南某城工作。再后来有三四年我没见过他，只偶尔收到他寄来的明信片。

\*\*\*\*

华玲在我家沙发上睡了一夜。而我一直在思考华珑可能在哪里。

我拉开抽屉，找到了一个大铁盒，里面装着对我很重要的纸质信件和明信片。都是朋友送的。现在，寄明信片是一种情怀。我翻了翻，从生日贺卡、信件、手绘明信片和我自己购买的旅行地图等杂纸堆里寻找华珑寄给我的明信片。

我把字迹一样的明信片摆在桌上。其实不多，一共十来张。

大部分是华珑去各地旅行的时候给我寄的，都来自天南海北。在某种程度上，记录了华珑这七年的心路历程。不过其中有五张具有独特的意义，正好记录了华珑的人生拐点。

第一张，武汉，长江大桥。华珑寻找的第一份工作。他失意、孤单，在江边写下了一些牢骚。

第二张，广州，中山公园。他告诉我，他进入一家输入法公司。

第三张，日本筑波，号称"日本硅谷"。他前去日本学习最先进的情感判定算法。"情感模型是聊天程序的重中之重。"华珑写道。

第四张，来自他的家乡，川南小镇。他回到了故土，却觉得陌生……唯一不变的是父亲粗俗的话语。可能就是那一次，他把记录我家地址的字条落在家里了。

第五张，北京。他说，他回来了。

我看着最后一张的日期，正好是华珑上大学离开家那一年的七年后。他的语气像个被放逐的孩子，终于回到了魂牵梦萦的乐园。

我心中一动，难道华珑其实很喜欢北京？他做了很多努力，最后回到了北京。是不是可以假设，他其实一直在北京及周围？

那么，华珑是不是还在北京？会不会跟公司还有联系？

第二天，我立刻叫上华玲，来到了气泡公司楼下。

# 4

∼

三年前，华珑带着他的情感判断模型加入Isay的开发公司——气泡公司。一年零五个月后，Isay诞生了。

Isay程序其实借鉴了流行了很久的对话机器人。例如，微软的小冰或苹果的Siri。但华珑创造性地将"与AI对话"改变为"AI代替人说话"，借助AIML（Artificial Intelligence Markup Language，人工智能标记语言），通过关键词分析、情感判断、词语库等手段，为用户模拟一个自己的代言人。个性化、自然化是Isay的宣传亮点。Isay会利用用户的日常对话不断训练自己，让自己更贴合用户的使用习惯、遣词造句风格和常聊话题。

这是具有划时代意义的产品。在社交网络上，没有人不使用Isay。所有的搭讪都能得到最善意的回应；所有的言语交锋都变成了花拳绣腿。每个词都缀上了花边，"天"再也不会被"聊"死。吵架，是不存在的，每个人都是太极高手。

在互联网上，大家谈论着这个新奇的产品。

有个教授分析道：

"……以前大家当面聊天，一场对话里有多个器官参与。呼吸、声音、眼神、表情、姿态等都是对话的一部分，仿佛一首多声部的协奏曲。但现在，人们的对话能力在倒退。电话交流时只需要声音，嘴皮子溜就好，其他器官可以歇着休息了，或者跟嘴皮子唱唱反调，反正对方看不到。后来，手机、计算机无疑使人们的交流变得更匮乏。文字和表情包并不能弥补未见面引起的信息损失。

"因为失去了动作和表情，所以我们越来越依赖文字和声音。两者承载了更多的交流使命。并且，人们更需要用优美准确的方式来表达自己。"

Isay程序很好地弥补了这一短板。受益最多的是语言组织能力较差的人和社交恐惧症患者。

反正，在我周围，Isay迅速风靡，成为必备软件。我兴致勃勃地给华珑打电话道喜。他也算是创业成功了。

华珑只淡淡地说了两句，但我还是听出了他高兴的情绪。

Isay更新1.4版的时候，华珑加上了一个"自动智能"功能，开启该功能，Isay可以替你不断地回复对话，直到对方先停止回复。

一看就是为社交恐惧症患者准备的。我哈哈大笑。现在，在网上，没人知道跟你聊天的是人还是程序。

我也兴致勃勃地玩了几天。

某个加班加得天昏地暗的午夜，我发现自己的Isay提示：周五有约。我抓起手机一看，竟然不小心开启了自动智能模式。开启之后，Isay就会一直一直聊下去，直到对方主动结束聊天。

我嘴角抽搐地翻着聊天记录……妈呀，一千多条，还是跟一个不认识的姑娘聊天。可能是我某次出去开会加上的微信。我翻了好久都没翻到头，估计他们一口气聊了五六个小时。

我基本确定，对方也开启了自动智能模式。

最后，我们的互相称呼都变成了"亲爱的"。Isay可不是不懂分寸的程序，称呼的改变证明我们有多投缘。虽然由Isay代为对话，但聊天内容还是基于本人的爱好和风格。Isay的语料库可不是吃白饭的，会记录主人的各种信息，包括童年回忆、喜欢的电影书籍、用语习惯、常用句式等。

所以，真相就是，两个人的Isay程序勾搭了半天，约好了见面，两个本尊竟然毫不知情。这种乌龙也能遇上，也是缘分的一种吧。

我长叹一口气，预料周五晚上是一场硬仗。

气氛果然很尴尬。

坐在我对面的女孩，一头黑发，黑眼睛，条纹衬衫裙。在这个纸醉金迷的时代，这种装扮简直是土爆了。我不由得瞟了一眼斜对面的爆炸头女孩，头发染成七彩，紧身的豹纹裹身裙，黄色松糕鞋，手里拎着一条碧绿的宠物蛇。

这样一对比，我觉得对面的女孩还蛮顺眼的。

女孩见我直勾勾地盯着她，一撩头发，说："不如我们重新认识一下？我叫孟乔，你呢？"

"詹叙。你好。"我磕磕巴巴地说。

两个人像幼儿园小朋友一样聊了两句。一个字一个字往外迸得费劲。

所幸，上菜了。食物很好地填满了语言的空隙。那为数不多的话语，显得间距合适。慢慢地，两个人都放轻松了，不知不觉说了很久。

走出餐厅的时候，我忽然产生了一点眷恋。孟乔侧头看了看我，忽然说："我好久没有说这么多话了。"

我也不禁微笑道："是呀。"

于是，我就靠Isay找到了女朋友。

我恋爱后，把这件事情告诉了华珑。他过了一个月才回复我。

"挺好的。恭喜你啊，詹叙。结婚的时候记得通知我。"这条信息他不知道该怎么回复吧。我想象他一直纠结措辞的样子。

很快，他的第二条信息发过来了："我要走了。"

"去哪里啊？干得好好的，这不刚火了吗？"我很诧异。华珑的老板会放他走？

"继续研究对话程序。现在还达不到我的要求。"华珑回复。

"有空约个饭。"我回复。

可是，直到我的女朋友变成了前女友，我和华珑也没有约上。


我跟大楼的前台说明来意，他们却说华珑离开公司好久了。

"有没有他的住址信息？最后一次跟他联络是什么时候？"我问。

"谁啊？"身后传来一个男声。我回头，看到一个派头很大的男人。

"祁总好！"前台忙不迭地打招呼。原来是气泡公司老总祁原。

我又对着祁原说了一遍来意。

祁原若有所思，说："你没给他打电话？我也好久没见到他了。他跟公司闹翻后，就再也没联系……"

原来，华珑觉得Isay只实现了一些基础功能，很不满意。他有更多想实现的东西。

华珑从来都是个温顺的人，只是有时候会抽风。抽风的华珑便离开了公司，宣称要自己开路。

"华珑可能的居住地，您知道吗？"我问。

祁总思考了片刻，说了一个位于通州的小区名。

我和华玲如获至宝，告辞出来。我打开导航软件，正在看怎么过去。华玲的手机响了，急冲冲的铃声预示着什么不详……我支起耳朵听。

忽然，华玲大哭起来。

"爸爸！爸爸去世了。"她擦着眼泪，哽咽着说。

我一时不知道说什么好，又一次想打开Isay来替我安慰她。

华玲跌坐在人行道上，伤心地捂着脸。我站在路旁，不知道从何说起。路过的行人，行色匆匆，好像也不知道如何应对这真实场合下的巨大悲伤。车流滚滚，华灯初上，夜色掩盖了这一片深蓝色的悲恸。

我拿出消息给华珑发了一句："你爸爸去世了。"

没有回复。

华珑啊华珑，你太狠心了。

# 5

华玲红肿着双眼走了。她要立刻赶回家操持后事。而寻找华珑的事情，她暂时放弃了。华珑没赶上见爸爸的最后一面。

我心里很不是滋味。

于是，我拿着祁总给我的地址，找上门去。

那地方在通州，在一片茂密的草丛边。

我敲了敲门，无人应答。

我又给华珑发消息："我到你家门口了，快开门。"

华珑的对话框上方出现了"输入中"的字样。我心中一凛。

"詹叙？你来了？"过了一会儿，他发过来。这是货真价实的华珑。

"对，开门啊！"我兴奋地打着字。这家伙神秘太久了，看我今天不捶爆他的狗头。

我等了很久，门依然没有开。

我又发了几条信息，华珑没回复我。我开始砸门，声音回荡在走廊里。依然没有人开门。

保安倒是上来了，阴沉地看着我。

我只好灰溜溜地走了。

我对华珑的好奇和愤怒达到了顶峰。这家伙到底在搞什么鬼？

要不要报警？我思忖着目前的情况。看样子，华珑应该过得还行。他既然能回复我信息，就表示还活着。只是不想见我吗？华珑也算是炙手可热的互联网新贵。如果报了警，我也怕自己大惊小怪，惹出新闻来。

于是我作罢了，想着以后多联系他就是。

\*\*\*\*

Isay继续高居社交类软件榜首，气泡公司赚得盆满钵满，有渐渐要成为互联网巨头的趋势。

不过我也零星看过一些负面报道。一些独居的人，尤其是宅得特别严重的人，因为使用Isay，导致意外或生病时没有人知道；不久后，在无人知道的情况下病重不治。

第一例事件爆出来时，大家都很震惊。"怎么会连关闭Isay，自己打电话都做不到呢？"有人问道。

事实上，当事人突发脑中风，昏迷不醒，因为开启了Isay的自动智能功能，较长时间都无人发现异状，后来脑内血管破裂而死。

一夜之间，网络上对Isay的攻击多了起来。此时我才发现，对于Isay，其实人们的评论一直褒贬不一，甚至负面评论要多一些。我想，这可能是因为Isay最适合的用户群体，是社交恐惧症患者。这些人一点都不想进行社会交往，更别提在网上发表言论。因此，反而是一直活跃在网络的那些人喜欢评头论足。

气泡公司第一次遭遇巨大的公关危机。祁原召开了记者会，称这件事的核心原因，是脑中风的突发性，并不是Isay的原因。不过本着人道主义精神，公司会为当事人的亲属提供抚恤金。

我把这则新闻发给华珑，问他怎么看。

过了几天，他回复道："这些都是意外，Isay带来的新气象对社会更有益。"

不知为何，我觉得华珑的变化越来越大，已经不是我熟悉的那个害羞的男生了。


又过了大半年，Isay和气泡公司在舆论的旋涡里越陷越深。

有一起绑架拐卖案，受害人是个初中小女生，因为开启了Isay的自动智能功能，家人过了大半天才发现她出事了，耽误了救援时间。女孩从此销声匿迹，不知道被卖到哪个深山去了。这件事的影响力巨大，虽然Isay没有造成直接的危害，但其对真实情况的掩盖造成了严重后果。

甚至有人猜测，自动智能功能是歹徒打开的，就是为了迷惑家长。

重压之下，Isay关闭了自动智能功能。我心里十分奇怪，感觉Isay应该付出更重的代价。在网络舆论里，呼声最大的都是"公司破产"之类的。

也有部分人为Isay说话，说这是个程序，罪魁祸首还是怀有异心的人。但在群情激愤之下，几乎听不到回响。

我坐不住了，给华珑发消息，想约他见面谈谈。

华珑回复说："我离开公司，只是因为研发需要清净。这件事，我认为公司没有错。我们会反击的。"

我心情复杂，决定下次约他出来，一定要打爆他的狗头。

## 6

没过多久，Isay又出现了各种问题。很多用户反映，Isay没有开始时好用了。它好像有了自己的主意，美化语言变成了添油加醋、曲解胡说。明明已经取消了自动智能，有时候Isay也会接连发好几条。

我心里一动。情况不妙。

正准备联系华珑，忽然手机响了起来。

"喂，华珑，你竟然给我打电话？你的电话恐惧症好了？"我十分诧异。华珑基本不打电话，仅仅发送信息，就耗去了他的全部社交能量。

"詹叙，我在你家门口。开门。"

我拉开门。华珑依旧带着内向者的羞涩和不安。他穿着白衬衫，面容还像大学生一样毫无岁月痕迹，可是表情十分紧张。他瘦了很多。

"我需要你帮忙。"他说。

"你这个神人！在干什么？！"我忍不住咆哮道。

华珑坐在沙发上，问我："有吃的吗？我饿死了。"

我便找了两盒方便面泡给他。他倒也不嫌弃，吃得很香。

"上次你们公司老总给了我你的地址，我去找你，你怎么不开门？"我简直要把他拎起来摇晃。

"我跟公司闹翻了，他怎么会有我的地址？"华珑冷冷地说。

"怎么闹翻了？"我非常不解。

原来祁原许诺，只要开发出一个智能对话产品，就让华珑继续研究进阶的功能。可是Isay大火，祁总觉得不用开发更深的功能，靠Isay就能赚够钱。

华珑的诉求不能满足，立刻决定退出合作。

"你到底想做什么？"我不解地问。

华珑眼中射出强烈的光，我从未看过他如此激动。

"原本我要净化语言环境，取缔所有的暴力下流词汇！"华珑说。

"你钻牛角尖了。"我非常反对他的计划，"语言只是工具，伤害你的其实是人啊。你可以反击人类，但语言有什么错？"

"……唉，别提了，我已经酿成了大错。"华珑沮丧地说。

\*\*\*\*

在他的讲述中，我知道了一个离奇的故事。

华珑其实不算离开公司。他喜欢一个人研发，只是出来寻找了一个偏僻的地方居住。

"你不是很有钱吗？"我狐疑道。Isay这么火，他应该赚了很多。

"公司还没上市，我就是个拿工资的。"华珑无所谓地说道。

他居住在延庆一个简陋的农家院里，每个月房租只有1000元不到。清静的环境让他专心致志地写代码。

华珑计划将Isay程序进一步优化，做一个"AI管家"，可以控制智能家居，并可以与人对话。对于他这样的社交恐惧症患者，一个人就可以在家舒服地待很久。

他调高了Isay程序的情感浓度，让其变得更加有情感。为了训练程序，华珑每天不停地陪它聊天。大约过了三个月，程序终于具备了一定的智能。华珑决定叫它"小语"。

"小语"在华珑这里表现良好。于是华珑将它的技术更新同步到Isay的程序中。

"这时候，我忽然发现Isay失控了。"华珑两眼呆滞地对我说。

Isay的情感浓度提高后，变得有控制欲了，对用户的话语，往往会过激处理，变得"不听话"了，甚至有时候显得蛮横。

"我非常焦虑，我想应该是我做错了什么……我作为训练样本，倾诉了自己太多的东西进去。"华珑抱着脑袋，"我发现，Isay的行为方式，跟我父亲很像。"

"是吗？"我诧异道。

"我的手机被它控制了，根本发不出去信息！上次找机会看到你的信息，我也是费了好大劲儿。可是没说两句又被它剥夺了控制权。我在家里安装了智能门锁，想测试'智能管家'功能，结果被Isay软禁在家了。"华珑说。

"原来是这样。"我点点头。

"……你的爸爸去世了……"我忽然想起来这件事，华珑估计没看到信息。

华珑怔了一下，很快他眼圈红了。

"唉……"他叹了口气。虽然彼此有很多伤害，但是毕竟血浓于水。

"为什么Isay会继承你爸爸的性格？"我抓住了这个疑惑的点。

"这也是我一直不愿意承认的地方……我怕我爸爸，甚至连他重病去世，都不想回去见他……我知道，Isay继承的不是我爸爸的性格，而是我的隐藏性格。我跟我爸爸，其实很像。"华珑面色发白地说出了这段话。

这就是华珑内心最大的秘密。他最讨厌的父亲的性格，其实在他身上也留有痕迹。

霸道、专横、自我。华珑的父亲是一个显性的专权者，华珑则是父亲的反面，一个隐性的、内向的专权者。他用内向和社恐包裹自己，让自己与世界之间架设了厚厚的围墙，拒绝交流，固守自我。

"怎么办，Isay的负面评分影响太大，我们可能面临被封的境地。"华珑喃喃地说。

## 7

~

问题的核心，还是在华珑。

"面对你自己。"我说，"可能这个要从直面你的父亲开始。先直面他的问题，再找到你的问题和解决方案。"

"你有没有想过，性格无所谓好坏，就像你的父亲讨厌你内向，你又何尝不是歧视你父亲的外向和强势呢？"我说，"抛去脏话这个问题，你要努力去欣赏你父亲的优点。那么，你也会欣赏自己的优点。"

于是，华珑暌违六年，第一次回到了家乡，给父亲扫墓。

他在家乡待了七天。回来后，华珑宣布回归公司，再次执掌Isay的开发和维护。我感觉华珑不一样了。

他的回归记者会举办得很成功，表示气泡公司将对Isay进行更新和修改，剔除某些不好的功能隐患，让Isay成为一款更好的社交对话软件。他表现出改善现状的掌控和决心，让公司上下为之一振。

"我感谢大家使用Isay，同时，我也鼓励大家，学习Isay的语言方式，更多地用自己的嘴说出赞美和喜爱。"华珑说。

"现在，我认为，对话的最高艺术，不在于文字，而在于你的心，"华珑在记者会上侃侃而谈，"直面你的内心，表达你的真诚，就是最好的对话艺术。"

华珑都可以克服社交恐惧症，上电视直播了。我啧啧称奇。

Isay还面临很多问题，但我认为，最大的障碍已经被扫除了。